세상의 중심에 서는 5가지 힘

오진다 오력ㅍㅋ!
세상의 중심에 서는 5가지 힘

ⓒ 김승주 2023

초판 1쇄   2023년 1월 28일

지은이   김승주

출판책임   박성규   펴낸이   이정원
편집주간   선우미정   펴낸곳   도서출판 들녘
편집 진행   김혜민   등록일자   1987년 12월 12일
편집   이동하·이수연   등록번호   10-156
본문 디자인 전영진   주소   경기도 파주시 회동길 198
표지 디자인 한채린   전화   031-955-7374 (대표)
디자인   고유단   031-955-7381 (편집)
마케팅   전병우   팩스   031-955-7393
멀티미디어   이지윤   이메일   dulnyouk@dulnyouk.co.kr
경영지원   김은주·나수정
제작관리   구법모
물류관리   엄철용

ISBN   979-11-5925-955-5(03810)

세상의 중심에 서는 5 가지 힘

오직더오직

김승주 지음

들녘

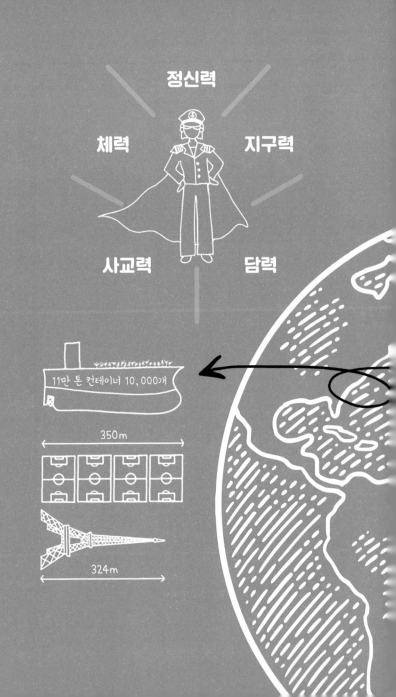

정신력

체력   지구력

사교력   담력

11만 톤 컨테이너 10,000개

350m

324m

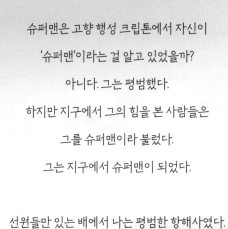

슈퍼맨은 고향 행성 크립톤에서 자신이

'슈퍼맨'이라는 걸 알고 있었을까?

아니다. 그는 평범했다.

하지만 지구에서 그의 힘을 본 사람들은

그를 슈퍼맨이라 불렀다.

그는 지구에서 슈퍼맨이 되었다.

선원들만 있는 배에서 나는 평범한 항해사였다.

육지에 내려오니 사람들이 대단하다고 말해주었다.

나는 어느새 평범하지만 대단한 사람이 되었다.

'항해사가 되려면 어떤 능력을 키워야 하나요?'

첫 번째 책 『나는 스물일곱, 2등 항해사입니다』 가
나오고, 항해사가 되고 싶어 하는 사람들에게 자주 받
았던 질문이다. 특별한 준비를 하고 항해사가 된 것이
아니라서 선배들한테 들었던 이야기 그대로 말했다.
'임하는 마음가짐과 태도만 갖추면 돼요.' 여러 실습항
해사와 초임 사관들을 만나면서 배우려는 자세, 적극적
인 태도가 중요하다는 걸 몸소 느꼈기 때문에 의심의
여지 없이 대답했다. 하지만 질문한 사람은 수긍하면서
도 찝찝한 표정이었다. 구체적인 무언가를 바라는 눈치

였다. 항해사가 키워야 할 필수 능력이란 게 있을까? 필수 능력은 없다. 있었다면 나는 항해사가 되지 못했을 것이다. '열심히 하려는 자세가 중요하지' '타보면 알아'라고 할 뿐, 누군가 명료하게 알려주는 이는 없었기에 나도 배를 타고 나서 주먹구구식으로 익혔다.

나는 8년 차 항해사다. 실습 항해사부터 시작하여 일등항해사로서 전 세계 바다를 누비기까지 꼬박 일곱 해가 걸렸다. 우여곡절 끝에 지금 이 자리에 서 있지만, 쉽지 않은 날들이었다. 그동안 나는 책을 한 권 냈고, 강연을 다니며 여러 사람을 만났다. 항해사로서의 경험을 나누고, 같은 길을 원하는 분이 있다면 몇몇 노하우를 나누고 싶어서 시작한 일이었다. 책을 쓰고 강연한 사람은 나였지만, 실은 그분들로부터 더 많이 배웠다. 덕분에 지금의 내가 있다.

배 생활을 하면서, 항해사가 되려면 어떤 능력을 키우면 좋을지에 대해 이제는 몇 가지 말할 수 있게 되었다. 대표적으로 정신력과 체력을 꼽을 수 있다. 항해사는 드넓은 바다를 통해 세계를 누비기 때문에 넓은 세상을 보며 시야가 넓을 것 같지만, 사실은 배라는 공간에 고립되어 있다. 외부와 단절된 채 같은 공간, 같은 업무를 반복하다 보면 심리적으로 힘든 순간이 오기 마련이다. 바다와 배라는 고립된 공간이 주는 심리적 고단함과 더불어 업무적, 관계적인 스트레스가 가중되면 더욱 힘들다. 또한, 체력 관리를 잘못하여 아픈 경우에는 신체적, 정신적 고통이 배가 되어 말로 표현할 수 없다. 슬픔을 넘어 서럽다. 이때, 생각의 방향이 잘못되면 큰 위험에 빠질 수 있다. 배에서는 이 모든 상황을 고려하여 스스로 해결하지 않으면 안 된다.

여러 가지 생각을 하다가, 예비 후배들을 위해 항해사가 되려면 어떤 요소를 기르는 게 좋은지 쓰기 시작했다. 하지만 글을 쓰면 쓸수록 하고자 하는 말이 항해사에 국한되지 않는다는 생각이 들었다.

"인생은 항해와 같다"는 말을 많이 한다. 예전엔 글자로만 이 말을 이해했는데, 실제로 항해사가 되어보니 참뜻을 알겠다. 우리의 삶도 바다도 절대 만만하지 않다.

바다는 매우 불친절하다. 먼저 이야기를 건네는 법이 없다. 앞서 나간 자들의 경험을 바탕으로 '알아서 하라'는 듯싶다. 일단 항구를 벗어나면 아무것도 보이지 않는다. 저 깊은 바닷속에 무엇이 있을지 알 수 없다. 항해 도중 어떤 낯선 손님을 만나게 될지도 예측하기 어렵다. 폭풍우가 될 수도 있고 때로 빙하나 암초와 만날 수도 있다.

바닷길은 막막하다. 처음 항해사가 되었을 때 '바다 어디에 길이 있을까' 싶었는데, 그 마음은 8년 차인 지금도 여전하다. 물론 바다에서도 길을 찾아가는 방법은 있다. 쉬었다 갈 수도 있고 돌아갈 수도 있다. 중요한 것은 어떤 상황을 마주해도 포기하지 않는 것, 결국은 원하는 곳에 다다를 수 있다는 믿음과 용기를 견지하는 일이다. 그러다 보면 목적지에 이른다. 육지에서든 하늘에서든 바다에서든, 그리고 누구에게든 마찬가지다.

바다는 나를 단단하게 만들어주었다. 어떤 어려움이 닥쳐도 넘길 수 있다는 것을 가르쳐주었다. 이 책은 그 배움의 과정과 결과를 정리한 것이다. 나는 8년째 배를 타면서 갖추게 된 능력을 다섯 가지로 구분하여 여러분과 나누고 싶다. 바로 정신력, 체력, 사교력, 담력, 지구력이다. 이 다섯 가지 요소를 골고루 갖추면 인생이라는 망망대해를 아주 어렵지는 않게 건널 수 있다.

나는 이 책을 7개의 챕터로 구성했다. 첫 번째와 마지막 챕터는 각각 프롤로그와 에필로그로, 항해사 생활 전반에 대한 이야기와 다섯 가지 능력이 조화를 이룬 삶을 다룬다. 나머지 다섯 챕터는 여러분과 나누고 싶은 에스프리로 챕터별로 정신력, 체력, 사교력, 담력, 지구력을 집중적으로 다룬다.

이 책은 많은 사람의 도움으로 완성되었다. 집필 기간 내내 좋은 에너지를 준 모든 분, 특히 사랑하는 부모님, 오빠야, 이종섭 코치님과 박상배 대표님, 이정훈 대표님과 김태한 부대표님, 이상돈 디자이너님을 비롯한 '책과 강연' 식구들에게 고마움을 전한다. 무엇보다 출판이라는 여정의 동반자가 되어준 들녘출판사의 김혜민 편집자에게 감사한다.

이제 여러분의 바다로 가자.

비바람과 파도를 넘어 목적지에 이르자.

그 길에 이 작은 책이 조금이나마 도움이 되었으면
참 좋겠다.

1장 정신력

이름: 김승주

나이: 서른 하나

성별: 여성

직업: 항해사

경력: 8년 차

직책: 일등항해사

항해 거리: 백만 킬로미터 이상(측정 불가)

역할: 선장님 보좌, 갑판부의 장

하는 일: 화물 관리, 선체 정비, 선내 질서 유지

특징: 긍정적, 친화력 최고, 도전하기

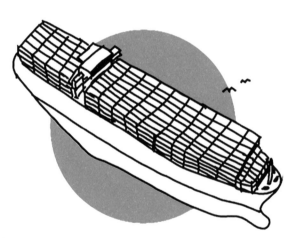

선종: 컨테이너선   톤수: 11만 톤

길이: 350m   폭: 46m   높이: 64m

선적량: 컨테이너 10,000개   주요 항로: 태평양, 대서양, 인도양 횡단

20명의 선원 중 혼자 여성

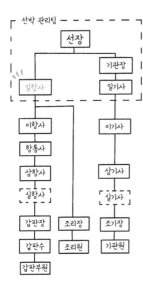

선장: 선내 최고 지휘자로서 모든 상황에서 최우선적인 권한 및 책임을 짐.

일등항해사: 상급자 보좌, 갑판부의 장, 교육 및 훈련, 승무원의 규율 및 기강 확립, 화물 관리, 선체 정비, 접이안시 선수 작업 지휘(줄여서 '일항사'라고 함).

이등항해사: 상급자 보좌, 항해장, 항해 계획 수립, 항해 보고서 작성, 항통 장비 관리, 접이안시 선미에서 작업 지휘(줄여서 '이항사'라고 함).

항해통신사: 상급자 보좌, 출입항 수속 서류 담당, 대내외 통신, 통신기기 담당, 통신 일지 작성, 냉동 컨테이너 작동 점검(줄여서 '항통사'라고 함).

삼등항해사: 상급자 보좌, 소화설비, 안전설비 담당, 의료 및 위생 관리, 문방구 관리(줄여서 '삼항사'라고 함).

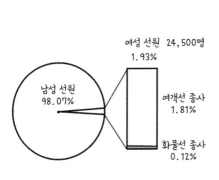

여성 선원 24,500명
1.93%

남성 선원
98.07%

여객선 종사
1.81%

화물선 종사
0.12%

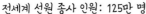

전세계 선원 종사 인원: 125만 명

0.1%

나는 망해서 항해사가 되었다

나의 인생 목표는 항해사가 아니었다. 실은 항해사라는 직업이 있는 줄도 몰랐다. 3년 터울인 친오빠가 해양 관련 대학교에 진학했을 때야 비로소 배를 타는 직업이 있다는 것을 알게 되었다. 하지만 그 역시 오빠의 선택이었을 뿐, 해양 관련 대학은 나의 관심사가 아니었다.

나 역시 대다수 학생이 바라는 '인 서울 대학'에 진학하는 것을 목표로 공부했다. 그러나 수능에서 만족스러운 결과를 얻지 못했다. 주변에서 재수를 권했지만, 나는 재수할 생각이 없었다. 다시 학생 시절로 돌아간다고 해도 더는 열심히 할 수 없을 정도로 최선을 다했기에 결과를 받아들이기로 했다. 미련을 거두고 내 점수로 진학할 수 있는 대학을 가늠해보았다. 졸업하고 취직이 잘 되는 곳을 찾다 보니 간호와 해양, 두 가지 선택지가 나왔다. 그런데 막상 어느 한쪽을 택하자니 고민이 많이 되었다. 결국 나는 성격상 더 잘 맞을 것 같은 해양 분야로 진로를 정했다. 새로운 일이나 상황에 도전하는 걸 좋아하고, 또 어려서부터 친화력이 좋다는 이야기도 제법 들었으니 낯선 바다로 한번 나가볼까, 이런 생각이었던 것 같다.

해양 관련 대학에 진학한 덕분에 항해사 진로는 자연스럽게 이어졌다. 해기사(일정 수준의 기술 또는 기능이 있어 선박의 운용과 관련하여 특정한 업무수행을 할 수 있도록 면허받은 자격, 또는 그 자격을 가진 자를 말한다)를 양성하는 대학이다 보니 모든 커리큘럼이 항해사가 되기에 부족함이 없도록 구성되어 있었다. 일단 관련 공부를 하고 면허를 취득하기로 마음먹었다.

대학교 3학년 때다. 무역에 종사하는 회사의 선박에

실습할 기회가 있었는데, 이후로 배를 타고 싶다는 구체적인 목표가 생겼다. 어마어마하게 큰 배에 비하면 나는 아주 작은 존재였는데, 수만 톤의 배와 화물을 사람이 조종할 수 있다는 것이 신기하고 멋져 보였다. 무엇보다 아주 중요한 사람이 된 기분이 들었다.

그런데 남성과 달리 여성에겐 졸업 후 배를 타는 것이 의무가 아니었다. 남성들은 승선으로 군 복무를 대체한다. 전쟁 발발 시 제4군으로서 물자 수송이라는 중요한 임무를 맡아야 하기 때문이다. 반면 여성에겐 승선이 의무가 아니기에 졸업 후 바로 육상에 취직해도 된다. 하지만 나는 이미 배의 매력에 흠뻑 빠져 있었기에 배를 타는 것 외의 다른 길은 생각하지 않았다.

정작 난관은 실습을 마친 뒤에 불거졌다. 성적도 높게 유지했고, 실습도 잘 마쳤지만, 취직의 문을 넘기가 쉽지 않았다. 학교에 입학할 때도 여성이 남성보다 숫자가 적었는데, 취업할 때도 마찬가지였다. 회사 측에서 배정한 여성 해기사의 수가 월등하게 적었다. 한 명이나 두 명, 많아 봤자 네 명이었다. 특히 우리 기수는 운이 없었다. 설상가상으로 대한민국 해운 1위 기업이었던 한진해운마저 사세가 쇠퇴하여 여성 해기사들의 취업은 더더욱 어려웠다. 하지만 포기할 수 없었다. 나는 여성 해기사를 뽑지 않는다는 회사에까지 입사지원서를 제출했고, 결국 여성을 뽑을 생각이 없다던 그 회사에 들어가게 되었다. 그토록 바라던 항해사의 길로 들어선 것이다.

'최악은 없다

삼등항해사 생활은 녹록하지 않았다. 일단 실습생일 때 경험했던 배와 항해사로서 오른 배는 확연히 달랐다. 먼저, 탱커선에서 컨테이너선으로 선종이 달라졌다. 선종은 배에서 운반하는 화물의 종류에 따라 달라진다. 실습항해사일 때는 프로판과 부탄을 운반하는 LPG 운반선(크게 분류하자면 탱커선)[2] 을 탔지만, 취직할 때는 컨테이너 운반선을 탔다. 화물이 다르기 때문에 배의 구조도, 들어가야 할 항구 시설도 다르고 선종마다 익혀야 할 용어도 다르다. 선종이 달라졌다는 점도 문제였지만, 무엇보다 책임의 무게가 달라진 게 한 몫했다. 내가 한 일에 대한 책임이 온전히 나에게 있다는 것은 잘못된 결과 역시 내가 책임져야 한다는 뜻이다. 결과는 곧 나란 사람, 김승주를 의미했다. 사소한 일 하나에도 이렇게 하는 게 옳은가, 틀리지 않을까 하며 신경을 곤두세워야 했다.

일을 잘하고 싶었지만, 욕심만 앞섰다. 무엇이 급하고, 무엇이 중요한지 감이 오지 않으니 모든 일을 열심히 하는 수밖에 없었다. 밤을 새워가며 했지만, 결과는 따라주지 않았다. 선장님께 실망했다는 말을 듣고 무너지기도 했다.

한 강연에서 들었던 기억에 남는 말이 있다. "세상에 최악은 없다. '더 나쁜 것'이 있을 뿐이다." 그렇다. 우리가 경험하는 최악의 순간은 언제나 '이보다 나쁠 수 있겠어?'라는 자기 위로와 함께 찾아온다. 기댈 곳 없는 배, 3평 남짓한 방에서 '쓸모없는 나'라는 주입된 이미지와 마주하는 건 매 순간 고통스러웠다. 떨어질 대로 떨어져 더는 떨어질 수도 없다고 생각했지만 수심 100미터 다음에는 수심 6,000미터가 있게 마련이었다.

인터넷도 되지 않아 가족이며 육지의 인연들과 연락이 닿지 않는 망망대해에서 한 가지 깨달은 게 있다. 나를 좌절시키고 무너뜨릴 수 있는 것은 많아도 나를 일으켜 세워줄 수 있는 것은 나 자신밖에 없다는 사실이었다. 이 길은 내가 선택한 것이다. 항해사가 되라고 등을 떠민 사람도 없다. 스스로 자처한 고립 생활이었다. 누군가를 탓할 수도 없고, 탓한다 한들 받아줄 메아리도 없었다. 나 스스로 감당하고 일어나야 했다.

더는 내려갈 곳도 없던 나에게 남은 길은 올라가는 것뿐이었다. 여기까지 생각이 미치자 도리어 희망이 생겼다. 목청껏 울고 일어나 샤워했다. 그리고 다짐했다.

'이제 수면으로 올라갈 일만 남았어. 죽기 살기로 최선을 다해보자.'

물론 그 이후로 항해에 잔잔한 길만 이어졌던 것은 아니다. 시련은 늘 예고 없이 밀려오는 파도처럼 닥쳐왔다. 열대성 저기압(태풍)을 만났을 때는 배가 좌우로 20도 이상 요동쳤다. 마치 지진이 난 것처럼 물건들이 다 떨어지고 바닥을 굴러다녔다. 최악의 상황이 닥칠까 봐 겁이 나 구명조끼와 보온복을 부둥켜안고 뜬눈으로 밤을 지새웠다. 선내 가파른 계단에서 넘어져 어깨를 다쳤을 때도 별다른 방법이 없었다. 몸살이 나 목이 퉁퉁 부어올라도 진통제를 먹는 수밖에 없었다. 증상에 맞는 약을 모두 구비해놓을 수 없기에 몇 주를 통증에 시달렸다. 한 번은 크레인이 작업 중인 것을 보지 못하고 컨테이너에 깔릴 뻔한 적도 있었다. 업무에 적응하랴, 고립된 배에서 사람들과 관계를 유지하랴 정신없는 나날을 보냈다. 무너졌다가 다시 일어서고, 넘어지기를 반복하면서 첫 번째, 두 번째, 세 번째 항해를 마쳤다. 바다에 적응하고 선상 생활에 익숙해지기 위해 온 힘을 쏟아부었다. 바다에서 살아남으려면 스스로 강해지는 수밖에 없다는 것을 바다가 몸소 가르쳐준 셈이다.

'월화수목금금금' 아니 '일일일일일일일'

승선 생활을 멈출 수 없었던 이유 중 하나가 바로 '휴가'다. 학창 시절에 '이번 시험 끝나면 뭘 할까?' 하면서 달콤한 상상에 빠졌던 것처럼 초보 항해사 시절의 나는 휴가에 대한 기대로 6개월을 견뎠다. 주어지는 휴가는 한 달. 그동안 나는 하고 싶은 것을 거의 다 할 수 있었다.

항해사의 육지 생활은 '월화수목금토일'이 아닌 '일일일일일일일'이다. 시간 개념도 '오전' '오후' '밤' '낮'이 아니다. '24시간 Free'이다. 상사가 전화할 일도 없으니, 하루 24시간을 온전히 나만의 시간으로 활용할 수 있다. 한번은 이동하려고 나왔다가 차가 밀리는 것을 보고 아차 했던 적도 있다. 내 시간표에 따라 움직이다 보니 주말을 평일로 착각한 것이다. 시간에 구애받지 않고 내가 원할 때, 언제든 하고 싶은 걸 할 수 있는 한 달간의 휴가는 항해사들에게 헤어 나올 수 없는 늪이다. 배에서 고스란히 벌어온 돈을 쓰기 때문에 경제적인 부담도 덜 하다. 휴가 기간만 되면 다들 소위 '단기 백수'라 불리는데, 항해사들에겐 그 별명조차 꿀맛처럼 달콤하다. 그야말로 천국이다.

나는 첫 번째 휴가, 두 번째 휴가, 세 번째 휴가를 꽤 흥청망청 보냈다. 배를 타는 동안 쉬지 못했던 것을 휴가 때 누려야 한다는 생각 때문이었을까. 보상심리가 생겨 양껏 놀았다. 자연스레 밤낮이 바뀌었다. 아침 해가 뜰 때 잤다가 오후 대여섯 시가 되어서야 일어났다. 약속을 저녁 시간에 잡았기 때문에 상관없었다. 저녁에 일어나서 새벽에 잠드는 생활의 반복이었다. 부모님도 며칠 동안은 '배에서 얼마나 힘들었으면'이라고 생각하셨는지 잔소리하지 않았다. 그러나 올빼미 생활이 길어지자 보다 못한 부모님은 "언제 다시 배 타러 나가냐?"면서 눈을 흘기셨다. 그 세 번의 휴가 동안 나는 그야말로 '폐인 생활'을 계속했다.

생산적이지 않고, 멋대로 자기가 하고 싶은 일만 하며, 소비를 일삼는 사람을 다들 곱게 보지 않는다. 나역시 그랬다. 그런데 휴가를 만끽하면서 고정관념에 변화가 생겼다. 항해사로서 누린 휴가는 단순히 자유시간이 아니었다. 내가 인생에 선물한 즐거운 일탈이었다. '승주야, 열심히 일했으니까 놀아도 돼.' 주변에서도 마찬가지였다. 부추겼으면 부추겼지 나를 비난하는 사람은 없었다.

내가 번 돈으로 소비하고, 반드시 끝이 있는 일탈을 즐기는 것. 항해사라는 직업 덕분에 나는 이 두 가지 조건을 갖춘 휴가를 만끽할 수 있었다. 자연스레 항해사에 대한 사랑도 깊어졌다.

버거운 이름, 일등항해사

일등항해사가 된 지 14일 차. '버겁다'라는 단어가 툭 가슴을 비집고 올라왔다. 뭐든지 열심히 하고 최선을 다하는 나는 아무리 힘든 일이 닥쳐도 '힘들지만 할 수 있어' '어려워도 자꾸 하다 보면 괜찮아질 거야'라고 스스로를 다독이며 이겨내곤 했다. 그런데 이번에는 사정이 좀 달랐다. 한 번 일이 쌓이기 시작하자 처리할 것들이 순식간에 눈덩이처럼 불어났다. 겨우 하나를 마무리 지었나 싶으면 서너 가지 일이 다시 들어왔고, 이제 마무리되었나 싶었던 일에서 문제가 발생하곤 했다. 주먹만 했던 눈덩이가 구르고 굴러 거대한 산이 되었다. 끝이 보이지 않았다.

내가 잠을 줄이고, 더 열심히 한다고 해결될 일들이 아니었다. 인원 보충이 필요한 일들이 대부분이었다.

그래서 더욱더 힘들었다. 삼등항해사나 이등항해사 때엔 일을 마무리 짓지 못하면 잠을 줄여서 해결할 수 있었다. 업무 특성상 그런 일들이 대다수였다. 내 힘으로 충분히 커버할 수 있는 일이었고, 설령 혼자 힘으로 안 될 경우 일등항해사님께 보고하면 되었다. 그런데 이제 그 일등항해사가 나인 것이다. 내가 책임지고 일을 마쳐야 하는 직책에 오른 것이다.

내가 생각한 일등항해사의 업무는 크게 화물 관리, 갑판 정비, 서류관리, 갑판 선원 관리, 선내 질서 유지였다. 책임이 커지는 만큼 업무 자체는 굵직해지고, 따라서 큰일을 처리하는 데에 시간과 역량을 더 쏟게 될 줄 알았다. 그래서 '화물 관리' '갑판 정비' '선원 관리' 업무를 파악하는 데 집중했다.[3]

하지만 일등항해사가 되어 보니 정작 머리 아픈 일은 따로 있었다. 화물 관리, 갑판 정비, 선원 관리는 어느 정도 예상했던 바이기에 견뎌낼 수 있었지만 문제는 생각지도 못했던 곳에서 불거졌다.

이를테면 화장실 변기에 물이 안 내려간다, 선원들이 요리한 뒤 정리를 안 한다, 세제가 떨어졌다, 침대 시트를 갈아달라, 노래방 마이크가 고장이다, 입항 스케줄에 변동 사항은 없느냐… 마치 엄마에게 미주알고주알 이야기하고 칭얼거리듯 선원들은 모든 문제를 내게 가져왔다. 나중에는 "일항사님!"이라는 소리만 들려도 도망가고 싶은 지경이었다.

"일항사님, 제 방 화장실 물이 안 내려갑니다!"

"일항사님, 저녁에 선원들이 요리하고 뒷정리를 제대로 하지 않는데, 어떻게 하는 게 좋을까요?"

"일항사님, 선원들이 식기를 자기 방에 가져가서 돌려놓질 않아요."

"일항사님, 세제가 다 떨어졌습니다."

"일항사님, 제 방 침대 커버가 더러워져서 바꾸고 싶습니다."

"일항사, 이 메뉴가 너무 자주 나오는 것 같은데. 그리고 좀 짜지 않나?"

"일항사님, 지금 개인품 추가로 신청해도 되겠습니까?"

"일항사, 이번에 영화 ○○○, 드라마 ○○○가 재밌다던데 그것도 신청하자."

"일항사님, 제 타수가 성실히 임하지 않는 것 같습니다."

"일항사님, 입항 스케줄 변동은 없습니까?"

"일항사님, 노래방 마이크가 고장 났습니다."

"일항사님, 간밤에 D-Deck가 시끄러워서 잠을 못 잤습니다."

일이 늘어나고 스트레스가 쌓일수록 왼쪽 눈썹 위 두 개골에 금이 간 듯 아팠다. 티를 내지 않았지만 이미 내 머리는 임계점에 도달한 모양이었다. 물컵에 물을 가득 담고 그 위에 스포이트로 물을 한두 방울 떨어뜨려보라. 바로 흘러넘치지는 않을 것이다. 표면장력이 있어 둥글게 부풀다가 어느 순간 마지막 한 방울을 참지 못하고 와르르 쏟아진다. 당시 나의 상태가 딱 그랬다. 나의 몸과 정신은 이미 용량을 초과했다. 언제 무너질지 몰랐다. 나는 지끈거리는 머리를 붙잡고 꾸역꾸역 노력하다가 3개월 만에 하선했다. 인생 처음으로 포기를 선언했다. 배에서 내리는 날, 배의 마지막 계단을 밟고 디딘 땅에서 아주 쌉싸름한 향이 올라왔다.

집으로 돌아온 나는 아무 생각 없이 쉬려고 했다. 그런데 마음이 너무 무거웠다. 이렇게 착잡한 휴가는 처음이었다. 수많은 생각이 스쳐 지나갔다. '버텨야 했나?' '좀 더 참고 이겨냈으면 다음 단계가 보이지 않았을까?' 하면서.

이등항해사 시절, 첫 책을 출간한 뒤 만난 독자가 던졌던 질문이 떠올랐다. 일을 시작한 지 3년 되었는데, 너무 힘들어서 회사를 그만두어야 할지 말아야 할지 고민이라는 내용이었다. 그분 인생에서 큰 전환점이 될 수도 있는 문제였기에 나는 최대한 조심스럽게 대답했다. 조금만 더 버텨보자고, 내 경우에도 3년 차가 정말 힘들었다고, 막내에서 벗어나 어느 정도 적응이 되었다 싶었을 때 더 큰 일들이 터지더라고, 하지만 그걸 견뎌내니 괜찮아졌다고 말이다.

"설령 회사를 그만두고 다른 일을 시작해도 비슷한 연차에 또 다른 시련은 분명 올 거예요. 그때 또다시 놓아버릴 순 없잖아요. 이 문제를 해결하고 방법을 익힌다면 다른 곳에 가서도 잘 해낼 수 있을 거예요."

그때 그분에게 했던 말을 지금의 나에게 들려주고 싶

었다. 아무리 생각해도 찝찝한 마음이 사라지지 않았다. '그래, 배에서 겪은 일을 해결하려면 배로 가야지.' 이렇게 마음먹으면서 나는 한편으로 이 상태 그대로 배에 오르면 또 실패할 것임을 예감했다. 그렇다면 어떻게 해야 하나? 문제의 본질은 달라지지 않는다. 내가 변해야 했다.

나만의 방식, 나의 시스템

나에게 부족한 것은 체계와 논리였다. 나는 새로운 것, 도전하는 것, 사람 만나는 걸 좋아하는 ENFP이다. 네 가지 요소 모두 중간이 아닌 극에 치우쳐 있다. 극 외향형, 극 직관형, 극 감정형, 극 인식형이다. MBTI 성격 유형 검사를 해본 사람이라면 내가 얼마나 자유로운 영혼의 소유자인지 감 잡을 수 있을 것이다.

먼저, 당부하고 싶다. MBTI로 내 성격을 유형화하여 극복해야 했던 부분을 제시하고자 하는 것이지, MBTI 결과에 과몰입하여 누군가를 판단하거나 스스

로를 어떤 틀에 가두지 않기를 바란다. 나는 MBTI 결과에 따르면 '즉흥적' '감성적' '활발하고 에너지 넘치는' '미래지향적인 사람이다. '논리적' '체계적' '계획적'이지 못하다. 이런 단어는 듣기만 해도 머리가 지끈거린다. 하지만 내 직업의 세계에서, 즉 일등항해사로 성취감을 얻으려면 '체계적'이고 '계획적'이어야 했다. 이 특성을 갖추는 건 충분조건이 아니라 필요조건이었다. 기분에 따라 즉흥적으로 주먹구구식으로 일을 처리하다가는 잘못된 결정을 내려 배와 선원 모두를 위험에 빠트릴 수도 있다. 배에 올라 출항하면 나 한 사람이 이 배의 유일한 일등항해사가 된다. [4]

앞으로 닥쳐올 상황이 너무나 부담스러웠다. 아니, 걱정되어서 밥이 넘어가지 않을 지경이었다. 나는 일을 잘하는 선배들을 만나 직접 물어보기로 했다. 선배들 이야기를 듣다 보면 공통으로 나오는 문제점들이 있을 거고, 그걸 분석해서 미리 대책을 짜보려는 심산이었다. 그런데 선배들에게 가장 많이 들은 말은 의외로 "걱정하지 마. 어떻게든 하게 돼." "몇 번 해보면 다 돼." "지금 이런 마음을 갖고 있다는 것만으로 충분해." 하는 말들이었다. 처음 배를 타는 사람에게 해주는 조언과 크게 다르지 않았다.

최고의 베테랑들을 만나 물어보아도 마찬가지였다. 계획 세우기, 무슨 일을 했는지 정확하게 기록하기, 사진 찍기, 일과 적어 두기, 미리 보고하기, 시킨 일 점검하기, 순찰하기…. 다들 별것이 아니란 듯 쉽게 이야기하였고, 내용 역시 내가 알고 있는 것들이었다. '저분들은 이미 농축된 경험과 지식을 가졌기에 이런 충고를 해주는 게 아닐까' 하는 생각에 부러움이 증폭했다. 종종 '저런 방식이 괜찮다'라고 생각되기도 했지만 그 방식은 딱 그 선배에게 맞는 방식인 것 같았다. 공감은 되었지만 내가 적용하기에는 어려울 것 같은 방식도 많았다. 결국 나는 "일항사로 배 세 번 타보면 다 알게 돼. 너는 잘할 거야."라는 응원의 말을 새기며 돌아와야 했다. 물론 찝찝한 마음은 가시지 않았다.

그러다 책을 읽으면서 무릎을 '탁'하고 쳤다. 애초에 '무엇을 해야 하는지'에 초점을 두고 '무엇'을 찾으려 한 것이 문제였다. '계획 일찍 세우기' '하루 일 기록하기' '사진찍기' '미리 보고하기'와 같은 방법은 참고는 될 수 있으나 체크리스트가 늘어나는 것에 불과했다. 중요한 것은 '무엇'을 발견하는 것보다는, 꾸준히 하여 내 것으로 만드는 데에 있었다. 좋다는 이야기를 듣고 실천한다 해도 나의 스타일과 성격에 맞지 않으면 몇 번 하다가 그만두게 된다. 자신만의 시스템을 만들어 계속 실천하는 데에 답이 있었다. 선배들이 나에게 자신들이 딱히 하는 게 없다고 말하는 이유는, 선배들에게는 이미 습관화되어 별거 아닌 일이 되었기 때문이다. 사실

'순찰하기'와 같은 업무도 매일 365일 빠지지 않고 한다면 대단한 것이다.

나에게 필요한 것은 남들에게 특화된 방식이 아닌 나만의 시스템을 갖추는 것이었다. '내가 시도하지 않은 뭔가 특별한 방식이 있을 거야'는 잘못된 생각이었다. 기본적인 일을 꾸준히 하는 것만으로도 나만의 루틴이 생긴다. 마음이 불안하고 두려웠던 이유는 새로운 배를 탔을 때 0에서 시작한다고 생각했기 때문이다. 새로운 배, 새로운 공간, 새로운 사람, 새로운 관계. 배에 올라가는 순간 모든 걸 매번 다시 시작하여 적응해야 한다는 부담감이 있었다. 하지만 나만의 체계가 있다면 이야기는 다르다. 0이 아니라 50에서 시작한다. 내가 새로운 배에 적응해야 하는 부분도 있지만, 새로운 배의

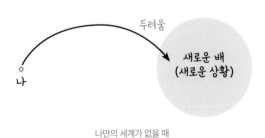

나만의 세계가 없을 때

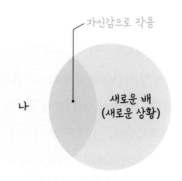

자신감으로 작용

나　　새로운 배
　　(새로운 상황)

나만의 세계가 있을 때

업무와 관계를 나에게 익숙한 체계에 접목하는 것이다.
배라는 세계와 나라는 세계가 만나서 새로운 환경이 구
축되는 것이다. 이렇게 생각하니 두려움이 줄어들었다.

　배만큼 커다란 세계에 견줄 만한 나의 세계가 있어야
한다. 나의 세계는 나만의 시스템을 뜻하고, 나만의 시
스템을 갖추는 과정은 수많은 시도를 통해 착오를 겪고
발전시켜나가 나에게 잘 맞는 방식을 구축하는 것을 의
미한다. 이 시스템은 나에게 익숙한 방식이기 때문에,
어떤 장소에 가더라도 심리적 자신감을 준다. 막무가내
였던 휴가 기간에 나만의 시스템을 찾기로 마음먹었다.

나는 438모임(4시 38분에 일어나는 모임)에 참여하고, 독서하고, 사색하는 시간을 보내고, 날마다 정해진 만큼 운동하면서 자신감을 탑재하기 시작했다. 그리고 이렇게 습득한 나만의 방식을 '삶에 필요한 능력 다섯 가지'로 정리해보았다. 이 책은 그 과정과 결과를 정리한 것이다. 이제 여러분과 본격적으로 그 이야기를 나누고 싶다.

삶에 필요한 능력 5가지

1장

정신력

왜 계속
배를 타는가?

8년째 배 타는 생활을 지속하면서 스스로 궁금한 점이 생겼다. 나는 왜 배 타는 것을 그만두지 않을까? 나는 왜 배 타는 것을 좋아할까? 약 80명의 같은 과 동기 중에 아직 배를 타고 있는 사람은 다섯 명에 불과하다. 대부분은 배에서 내리고 육상에 자리를 잡았다. 배가 적성에 맞지 않은 동기도 있었고 배를 평생 탔다가는 결혼은커녕 연애도 하기 힘들 것 같다면서 뭍으로 가버린 동기도 많다.

6개월 이상을 바다에 머물고, 2개월을 땅에서 보내는 생활은 아무래도 평생직업으로 삼기에 힘들어 보인다. 배 타는 생활을 유지하는 동기도 결혼할 즈음에는 내릴 생각을 하고 있다. 남자인 동기도 이렇게 말하는데 나는 어떨까.

내 마음을 명확하게 말할 순 없지만, 남들과 다른 건 확실하다. 나는 내가 변종이라고 생각한다. 휴가를 마치고 배를 타러 가기 직전이면 친구들은 않는 소리를 한다. 도살장에 끌려가는 소처럼 죽을 맛이라고 할 때, 나는 새로운 배를 타고 새로운 사람들을 만날 생각에 설렌다. 누군가 배 타는 이유를 '돈'이라고 했을 때, 나

는 속으로 '돈을 주지 않아도 탔을 텐데 돈까지 주네?'라고 생각할 정도였다. 물론 8년째 배를 타는 동안 좋은 배, 좋은 사람만 만난 것은 아니다. 좋은 일만 있었던 것도 아니다. 그러나 힘든 상황이 닥치더라도 어떻게든 견디고 이겨낼 생각을 했지 배를 그만두어야겠다는 생각은 하지 않았다. 어떠한 상황이 오더라도 견뎌내고, 다시 즐거운 마음으로 승선했던 내 정신의 뿌리가 나도 궁금해졌다.

비전을 세워라.
최신형 텔레비전을 사라!

  나의 뿌리는 무엇일까? '뿌리' 하면 흔히 패밀리 트리를 떠올리면서 조상을 생각한다. '근본'을 따진다는 점에서 그리 잘못된 접근은 아니다. 그러나 내게는 나의 삶을 이끌어주는 생각, 즉 철학이 곧 뿌리에 해당한다. 문제는 아무리 생각해도 나 김승주를 명쾌하게 설명해줄 철학을 가지고 있지 않다는 점이다. 어쩌면 철학이라는 말 자체를 너무 거창하게 생각한 탓인지도 모른다. 그렇다면 조금 쉽게 접근해서 '모토'는 어떨까? 살아가거나 일할 때 방향타가 되어주는 신조 같은 것 말이다. 『하버드 스타일』[5] 이라는 책을 읽으며 한동안 열심히 필사했던 문장이 있다.

'강인하고 끈질긴 기질, 여러 가지 일을 동시에 잘 해낼 수 있는 자기관리 능력, 치열하게 경쟁하면서도 남을 배려할 줄 아는 여유까지 갖춰야 한다.'

이 모토가 나의 철학이라고 할 수 있을까. 어느 정도 일맥상통하는 부분은 있지만, 내 안 깊숙한 곳에서 나의 모든 것을 통해 솟아난 에너지의 원천이라고 하기에는 개운치 않았다. 나는 내 정신의 근원을 규정해야 할 필요성을 느꼈다.

정신의 나무를 그렸을 때 뿌리에 해당하는 부분을 보통 근본, 철학, 가치관이라고 이야기한다. 나는 조금 다른 시각에서 "뿌리는 비전이다"라고 이야기하고 싶다.

비전은 무엇일까? 어려울 것 없다. 비전은 '텔레비전'이다. 저녁 시간 가족들에게 재미있는 드라마를 보여주고 세상사를 알려주는 시각형 전자제품 말이다. 우리는 텔레비전을 '본다'. 텔레비전은 보는 것이다. 선명하고 명확하게 한 장면 한 장면을 본다. 비전도 마찬가지이다. 비전은 보는 것이다. 명확하게 보는 것. 텔레비전의 화면이 크고 고화질인 제품일수록 영상을 선명하게 볼 수 있는 것처럼 비전도 크고 섬세할수록 선명하게 볼 수 있다.

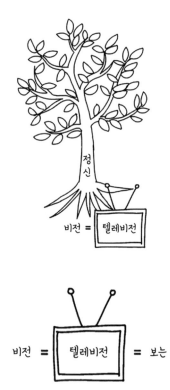

목적과 목표를 잇는 디테일

보는 것에는 두 가지 단계가 있다.

첫 번째 단계: 내가 이루고 싶은 것
두 번째 단계: 이룬 것으로 되고 싶은 것

내가 이루고 싶은 것은 무엇일까? 고등학생 시절에는 좋은 대학에 가고 싶었다. 해운 관련 대학에 입학하고 나서는 항해사가 되고 싶었다. 삼등항해사가 되고 나니 이등항해사가 되고 싶었고, 이등항해사가 되고 나니 일등항해사가 되고 싶었다. 일등항해사가 되고 나니 선장이 되고 싶다. 이제 나는 '선장이 되고 나면 어떤 배를 몰 것인가, 어디로 항해하고 싶은가?' 하고 자문자답 중이다. 이때 내게는 질문에 대한 답이 그 즉시 떠오른다. 매우 선명하게 머릿속에 그려진다. 이를 '목표'라고 한다. 비전의 첫 번째 단계는 내가 이루고 싶은 목표를 정하는 것이다.

나의 경우를 예로 들겠다. 목표로 삼았던 일등항해사가 되었다. 혹은 드디어 선장이 되었다. 어떤 일등항해사가 되고 싶은? 어떤 선장이 되고 싶은? 이것이 두 번째 단계이다. 즉, 이룬 것으로 무엇이 되고 싶은지를 묻고 그 대답을 준비하는 것이다. '나는 인정받는 일등항해사가 되고 싶다'라거나 '나는 존경받는 선장이 되고 싶다'고 할 때 '인정받는' '존경받는' '훌륭한'과 같은 형용사는 가치 판단이 주관적이며 내포하는 의미가 포괄적이다. 따라서 객관적이며 구체적인 모습이 딱 그려지지 않는다. 앞에서 이야기한 목표처럼 선명하게 머릿속에 그려지지 않는다. 이런 것을 '목적'이라고 한다. 목적은 추상적이라는 특징이 있다.

보는 것

1) 내가 이루고 싶은 것: 목표

2) 이룬 것으로 되고 싶은 것: 목적

앞서 설명했듯이 비전은 텔레비전이다. 우리가 텔레비전을 구매하려고 할 때 가장 먼저 L사의 제품을 리스트에 올리는 이유는 화면이 크고 화질이 좋은 것은 물론 끊기는 현상 없이 생동감 있게 볼 수 있기 때문이다. 비전도 마찬가지이다. 크고 끊이지 않으며 생동감 있게 볼 수 있어야 한다.

일등항해사가 되겠다는 목표는 선명한데 인정받는 일등항해사가 되겠다는 목적은 추상적이라 머릿속에 떠올리기 어렵다. 이해하기 쉽게 덧붙이자면, 목표는 미시적이고 목적은 거시적이다. 1단계인 목표와 2단계인 목적을 자연스럽게 이어주는 것, 그것이 바로 '디테일'이다.

디테일은 목적을 구체화하면 선명해진다. 인정받는 일등항해사라는 목적을 좀 더 풀어보자. '인정받는다'를 생각하면 가장 먼저 떠오르는 장면이 선장님께 능력을 인정받는 일등항해사의 모습이다. 인정받는 일등항해사는 선장님을 걱정시키지 않는 사람이다. 선장님은 배의 총괄책임자로서 배의 안전은 물론 인명과 화물의 안전에 책임이 있다. 책임이 선장님께 있지만, 배의 모든 부분을 혼자서 관리할 수는 없기에 항해사들이 역할을 나누어 보좌한다. 일등항해사는 갑판부의 장으로서 본인의 업무에 해박해야 함과 동시에 구성원 각자가 맡은 역할을 다하여 배의 안전을 유지할 수 있도록 선원들을 통솔하고 선내질서를 유지해야 한다. 어떤가? 이처럼 '인정받는다'라는 추상적인 목적을 구체화하니, 어떤 일들을 해야 하는지 구체적으로 그려지면서 스토리가 이어진다. 물론 어떤 사람이 되고 싶은지는 본인의 가치관에 따른 것이기에 저마다 다를 수 있다. 따라서 디테일을 보강할 때 중요한 것은, 자신이 정한 목적을 구체화하여 선명하게 만드는 작업이다. 즉 목표에서 목적을 이어주는 스토리를 만들면 이것이 바로 비전이 된다.

텔레비전의 화면이 계속 바뀌지 않고 멈추면 어떻게 될까. 화면이 정지되어 있다면 고장 난 것으로 간주한다. 수리하거나 버려야 한다. 비전도 마찬가지다. 즉,

목표만 있으면 버려야 한다. 일등항해사라는 목표를 이루었다. 그런데 그 너머의 목적이 없다면? 그럼, '일등항해사'로 끝이다. 이때 갈등이 생긴다. 그냥 여기서 만족해야 하나, 더 앞으로 나아가야 하나? 사람마다 선택지는 다르겠지만, 분명한 것은 인생은 계속 이어진다는 사실이다. 일등항해사가 되고 나니 선장이 되고 싶고, 선장이 되고 나니 또 다른 무언가가 되고 싶다. 자연스러운 욕구들이다.

　그런데 만일 이 과정이 원만하게 진행되지 않는다면 그 이유를 곰곰이 생각해보자. 일단 "왜?"라고 질문해보는 것이다. 예를 들어보자.

일등항해사가 되었다.

"왜?"

➡ 돈을 벌고 싶어서.

"왜?"

➡ 일등항해사가 되어 돈을 마음껏 쓰면서 내 인생을 즐기고 싶어.

"왜?"

➡ 나는 하고 싶은 게 많은데 하고 싶은 걸 다 하려면 돈이 많이 필요해.

"왜?"

➡ 내가 원하는 걸 거리낌 없이 할 수 있을 때 나는 만족을 느껴.

➡ 그래서 나는 최선을 다해서 일등항해사가 될 거야.

이렇게 "왜"에 대한 답을 구체적으로 찾다 보면 목표가 분명해진다. 물론 돈만을 바라보면 일등항해사와 선장이라는 목표 말고도 다른 일을 찾을 수 있을 것이다. 이 물음에 대한 답은 스스로가 질문을 던지면서 알아가면 된다.

돈을 벌려면 꼭 이 일을 해야 하나?

➡ 타야지, 배 타는 것을 좋아하니까.

배 타는 것이 왜 좋지?

➡ 지금까지 재미있게 배우기도 했고, 이 생활에 만족해. 행복하다고 느껴.

배 타는 것에 왜 행복을 느낄까?

➡️ 응, 나는 내가 좋아하는 것을 하고 거기에서 오는 만족으로부터 행복을 느껴. 행복은 내 삶의 이유야.

휴가 중에 아직도 배를 타고 있는 몇 안 되는 동기를 만났다. 휴가가 겹치는 경우는 드물기에 우리는 반가운 마음에 약속을 잡았다. 대학 졸업 후 처음 만나는 거라 이런저런 이야기를 하다가 동기의 꿈이 해양수산부 장관이라는 걸 알았다. 한국의 해운 분야를 영국처럼 튼튼하게 만들고 싶다고 했다. 되고 싶은 목표와 이루고 싶은 목적이 분명했다. 물론 동기의 꿈이 진짜로 이루어질지 확신할 순 없지만, 그가 지금 배를 타면서 나아가고 있는 단계들이 꿈에 다가가고 있는 과정이라는 게 선명하게 그려졌다.

선명한 비전을 가진 사람에게서 느껴지는 힘은 단순한 강함과 다르다. 단단한 뿌리에서 나와 기둥을 거쳐 잎으로 발산되는 것이기 때문에 깊고 단단하며 수용적이다. 태풍이 불면 부서지지 않기 위해 나무가 옆으로 기울일 줄도 알듯 중심은 고요하지만, 외부는 부단히 변화하며 외력과 맞선다. 이는 뒷장에서 좀 더 다루도록 하겠다.

목적은 비난의 대상이 아니다. 돈을 많이 벌고 싶은 것, 한국의 해운 분야를 영국처럼 만들고 싶은 것은 그 사람의 가치이고 비전이기 때문에 존중받아야 한다. 목적과 목표 사이에 "왜"라는 이유가 있고, 그 이유가 각각 분명하다면 스토리는 자연스레 만들어져 스스로 진행하는 힘을 갖게 된다. 목적과 목표가 유기적으로 어우러져 힘을 발휘한다는 이야기다.

나는 그토록 바라던 일등항해사가 되었는데 왜 배를 또 타려는 것일까? 왜 선장이 되려고 할까? 배에서 힘든 일을 겪을 때 나는 무슨 생각을 하며 버티었던가?

나는 힘든 일에 부닥칠 때마다 후배들을 떠올렸다. '내가 여기서 무너지면 나 때문에 여성 해기사의 앞날이 가로막힐지도 모른다.' 이런 생각에 정신이 번쩍 들곤 했다. 솔직히 내가 힘들면 배에서 내리면 그만이다. 남을 생각하며 배를 타는 건 아니다. 나 혼자 잘한다고 후배들의 앞날이 열리는 것도 아니다. 그런데 나는 왜 그런 일들이 벌어지는 게 그토록 싫을까? 내가 진정으로 무서워하는 건 무엇일까?

나의 두려움은 사실 내가 얼마나 해운과 항해사라는 직업을 사랑하는지와 연관되어 있었다. 이 분야를 누구보다 좋아하기 때문에 미움받는 게 싫었고 후배들이 잘 이끌어갔으면 하는 마음이 컸다. 나로 인해 여성항해사의 배출이 1년, 2년 늦추어진다면 그것만큼 부끄러운 일은 없을 것이다.

질문에 답을 하다 보니 내가 바라는 항해사의 모습이 그려졌다. 해운 분야가 성장했으면 좋겠다. 해운뿐 아니라 수산, 레저를 포함한 바다와 관련된 모든 분야가 발전했으면 좋겠다…. 나는 욕심이 많은 사람이다. 개인적으로 돈도 많이 벌고 싶고 결혼도 하고 싶다. 아기도 많이 낳아서 잘 키우고 싶다. 그러면서 배도 계속 타고 싶다. 여성 금단의 구역이었던 '배'라는 사회에서 잘할 수 있다는 걸 몸소 보여주고 싶다. 나의 비전. 내가 보여주고 싶은 나의 텔레비전이다.

배를 타고 싶은 이유가 명확해졌다. 수많은 파도가 몰려왔지만 그럼에도 일어설 수 있었던 이유. 비전을 확실하게 정의하니 그것은 이제 나를 지탱하는 뿌리가 되어 단단하게 정신을 잡아주고 있었다.

이제 나의 비전을 두 가지 단계로 구분하여 정리해
보자.

> **첫 번째 단계**(내가 이루고 싶은 것, 목표): 해양수산부
> 장관, 애 엄마 선장
> **두 번째 단계**(이룬 것으로 되고 싶은 것, 목적): 해운 분
> 야 수준을 영국처럼 만들기, 편견 깨기

여러분도 할 수 있다. 지금 당신이 이루고자 하는 목
표와 목적을 적어보라. 마음속에 떠오른 것을 적으면
된다. 남들에게 보여주는 숙제 같은 것이 아니다. 거창
하지 않아도 된다. 잘 떠오르지 않는다면 이번 기회에
한번 곰곰이 생각하는 시간을 마련해보자. 그래도 떠오
르는 것이 없다면 당신이 좋아하는 일이나 앞으로 하고
싶은 일, 혹은 취미를 적어보자. 요즘은 취미가 직업으
로 발전하는 시대이지 않은가? 무언가를 적고 가시화
하는 데에서부터 뇌가 깨어나 꿈을 향해 작동한다. 이
로써 도전이 시작된다.

첫 번째 단계

내가 이루고 싶은 것 : 목표

_____

_____

_____

_____

_____

_____

두 번째 단계

이룬 것으로 되고 싶은 것 : 목적

_____

_____

_____

_____

_____

_____

바람이 닿지 않는 우물

뿌리가 비전이라면 나무 기둥에 해당하는 부분은 무엇일까? 나무 기둥은 뿌리와 가지를 이어주는 주요 부위다. 여러분이 흔히 보는 나무를 떠올려보라. 나의 눈높이에서 볼 수 있는 부분은 대개 나무 기둥이다. 기둥은 무슨 역할을 할까? 나무를 단단하게 지탱해주며 물과 무기영양분으로 구성된 수액을 뿌리에서 잎까지 운반한다.

이번에는 나무 기둥을 잘라 단면을 관찰해보자. 원의 안쪽은 단단하고 바깥쪽은 연하다. 바깥쪽은 비교적 최근에 만들어진 것으로 영양분을 운반하며 조직이 연하다. 안쪽은 바깥쪽 조직이 죽으면서 단단해진 것으로 짙은 색을 띤다. '나무가 생장한다'는 말은 바깥 부분이 활동하며 커갈 때 안쪽은 죽어간다는 뜻이다.

안쪽은 죽으면서 침묵하는 공간이다. 보통 성장이라고 하면 기세 좋게 한 번에 쭉쭉 올라가서 모든 부분이 생생하게 살아 있는 상태라고 생각한다. 하지만, 이는 매우 위험한 상상이다. 거친 바람과 매서운 비가 내리면 단번에 꺾일 수 있기 때문이다. 외력이 강해 보여도 정작 견디게 해주는 힘은 가운데 있는 죽은 공간의 몫인 탓이다. 나무의 외피는 단단한 내피를 믿고 자란다. 어쩌면 나무는 단단해지기 위해 침묵하는 것인지도 모른다.

밑에서 위로 수직의 선을 긋는다고 가정해보자. 선을 긋기 전 양옆에 선 쪽으로 부는 입김을 그려보자.

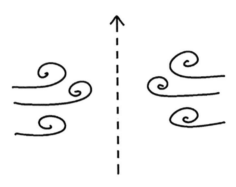

아래부터 선을 긋기 시작할 때 좌우의 입김에 흔들린다면 선이 수직으로 올라가지 못하고 오른쪽으로 갔다가 왼쪽으로 갔다가 하면서 흔들릴 것이다. 수직선이 아닌 구불구불한 선이 그려질 것이다.

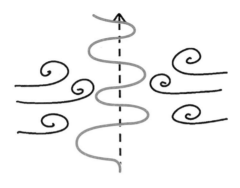

　지나치게 감상적이고 흔들리기 잘하는 사람들의 면면을 살펴보라. 그들은 늘 주변에서 속닥거리는 이야기에 귀를 기울이면서 이곳저곳 쳐다본다. 작은 바람에도 휘청거리느라 앞으로 나아가지 못한다. 반면 잘 여물어 단단한 사람을 보라. 바깥의 소란스러움에 유연하게 대응한다. 피드백을 주고받지만 중심은 흔들리지 않는다. 이런 사람들은 안으로 들어갈수록 말이 없다. 침묵해야 휘둘리지 않음을 아는 탓이다.

　고요함은 곧 단단함이다. 사람도 평정심을 유지하며 침묵하는 공간을 갖고 있어야 뚝심 있게 앞으로 나아갈 수 있다. 비전이라는 뿌리에서 열정이 생성되어 밀어

올릴 때 밖은 끊임없이 생장하지만, 안이 죽기 때문에
나무는 거목이 될 수 있는 것이다.

변하지 않는 가치, 인생 키워드

비전이 확고하면 뿌리가 단단해진다. 그렇다면 기둥을 단단하게 해주는 것은 무엇일까? 평정심을 유지하도록 도와주는 것은 무엇일까? 바로 '인생 키워드'이다. 인생 키워드는 자신이 중요하게 생각하는 핵심 가치를 뜻한다. 지금 떠오르는 핵심 가치가 있는가? 이를 말할 수 있다면 절반은 성공했다고 보아도 된다. 핵심 가치를 말하기 어렵다면 다음의 단어들이 도움이 될 것이다. 우선 핵심 가치로 손꼽히는 단어들을 나열해보았다.[6] 이 중에 자신의 인생 키워드로 삼을 만한 가치가 있는지 살펴보자.

핵심 가치는 한 가지가 되어도 좋고, 세 가지 혹은 다섯 가지가 되어도 좋다. 인생에서 어느 한 쪽, 예를 들면 '업무'와 관련된 측면만 존재할 수는 없다. 그러니 중요시 여기는 단어도 측면에 따라 여러 가지가 될 수 있다. 가슴을 떨리게 하고 힘을 주는 단어면 된다. 나의 가치에 맞는 인생 키워드 수는 자신이 정하면 된다. 나의 경우, 세 가지로 표현했을 때 스스로를 잘 설명할 수 있고 밸런스가 맞았다.

성취감, 내적 평화, 영향력, 효율성, 성실, 신체 단련, 몰입,
탁월함, 지적 능력, 변화, 전문성, 모험, 관계, 협동, 관용, 지혜,
도전, 성장, 정의, 평등, 창조, 질서, 명성, 정직, 리더십, 자유,
안정감, 봉사, 부유함, 윤리, 자립, 투명성, 겸손, 업적, 재미,
의미 있는 일, 포용, 기여, 통찰, 믿음, 만족, 경쟁, 근면, 혁신,
공정, 중용, 공감, 열정, 배움, 자신감, 끈기, 긍정, 진심, 풍요,
희생, 관대함, 독창성, 용기, 성숙, 즐거움, 나눔, 정직, 예의,
현명함, 책임감, 신뢰, 진심, 창의, 재치, 헌신, 감사, 단순, 친절,
개척, 현명함, 집념, 사랑, 초연함, 건강

처음부터 세 가지를 찾아 정하겠다는 생각보다는 하나씩 읽으면서 마음에 드는 단어에 표시해보자. 그리고 표시한 단어들을 다시 보면서 이번에는 우선순위를 매긴다. 가장 끌리는 단어를 찾아보라는 뜻이다. 이렇게 우선순위로 설정한 1, 2, 3위가 자신의 핵심 가치가 될 수 있다.

이렇게 했는데도 마음에 드는 단어가 없다면 또 다른 방법이 있다. 일종의 역발상이다. 내가 제일 싫어하는 부류의 사람을 떠올리고 그의 어떤 점들이 싫었는지 체크하면 된다. '나는 이런 사람이 진짜 싫더라'라고 생각했을 때 어떤 사람이 떠오르는가? 이기적인 사람, 자기 말만 하는 사람, 거짓말하는 사람 등 자신의 경험에 따라 다양하게 나올 수 있다. 이런 식으로 싫어하는 사람의 부류를 떠올렸을 때 나오는 속성과 반대되는 가치가 곧 나의 핵심 가치일 가능성이 크다. 이기적인 사람을 싫어하는 사람은 배려, 나눔, 이타심과 같은 단어가 핵심 가치일 수 있다. 자기 말만 하는 사람이 싫다면 존중, 협동, 포용이라는 단어를 참조할 수 있을 것이다. 거짓말하는 사람을 싫어한다면 책임감, 성실과 같은 단어를 떠올리면 된다.

나도 핵심 가치를 위와 같은 방법으로 찾았다. 나의
인생 키워드는 도전, 성장, 나눔이다.

나는 새로운 것에 도전하고 모험하는 것을 좋아한
다. 계속 배우고 성장하고 싶다. 그리고 내가 쌓아온 경
험과 지식을 사람들과 나누고 함께 나아가고 싶다.

인생 키워드는 절대적이지 않다. 시간이 지나 경험
이 쌓이다 보면 중요하게 여기는 가치는 바뀐다. 나의
경우에도 처음에는 바다, 도전, 열정으로 했다가 도전,
정서적 안정, 배움으로 바뀌었고 지금은 도전, 성장, 나

눔이 되었다.

도전, 성장, 나눔이라는 단어를 떠올리면 스스로 경건해지고 설레는 느낌이 든다. 핵심 가치는 잔잔한 호수에 돌을 던졌을 때 파동이 생기듯 자신의 마음에 동요를 일으키는 단어인 듯하다. 이렇게 선택한 가치들은 자신이 가고자 하는 방향을 뚝심 있게 갈 수 있도록 돕는다.

살다 보면 목표와 목적이 분명하더라도 방황하는 순간이 오게 마련이다. 제대로 가고 있는지, 방향을 잃은 건 아닌지…. 그런 순간이 있다. 열심히 했는데 상사의 마음에 들지 않아 안 한 것만도 못한 것처럼 꾸지람을 들은 날, 선원들조차 내 말에 따라주지 않고, 부원과는 오해가 생겨 앙금이 쌓이고, 외국인 조리장이 한 밥은 유독 맛이 없다. 입안에는 피곤의 상징인 하얀 염증이 생기고, 스트레스로 머리가 지끈거려 잠도 못 이루는 날. 안 좋은 일들이 연이어 발생해 견디기 어려울 때면 눈앞의 골치 아픈 문제들에 가려 나의 목표나 원대한 목적 따위를 생각하는 것조차 사치로 느껴지는 순간 말이다. 그런 날이면 모든 것을 내려놓고 그 상황에서 벗어나고 싶어진다.

　망망대해, 사방은 끝없는 바다다. 마치 육체적인 감옥, 감정의 감옥에 갇힌 것 같기도 했다. 그럴 때면 바다를 바라보며 '내가 왜 여기에 있는가?'를 되뇌었다. 흔들리는 순간에는 이정표가 큰 도움이 된다. 내가 지금 하는 일이 나의 지표인 '도전' '성장' '나눔'에 부합하는 일일까? 여성이 적은 상선에서 일등항해사로 배를 타는 것 자체가 '도전'이 될 수 있다. 중간관리자에서 관리자로 발을 내딛어가는 지금은 실패를 경험하며 '성장'하는 과정이다. 이를 토대로 나는 훗날 후배들에게 조언과 함께 내 경험을 '나눌' 수 있다. 내가 하는 일이 나의 핵심 가치를 실현하기 위한 것임을 알면 나의 걸음에는 힘이 생긴다. 다시 일어나 나아갈 수 있다. 내가 하는 모든 일을 선택한 세 가지 핵심 가치로 설명해보자. 여러분도 마음의 안정과 평정심을 얻을 수 있을 것이다.

　여러분의 핵심 가치를 찾아보자. 평소에 생각했던 인생 키워드가 있다면 바로 적으면 된다. 생각해둔 인생 키워드가 없고, 찾기 막막하다면 아래의 단어들을 보자.

성취감 내적 평화 영향력 효율성 성실 신체 단련 탁월함
지적 능력 몰입 변화 전문성 모험 관계 협동 관용 지혜
도전 성장 정의 평등 창조 질서 명성 정직 리더십 자유
안정감 봉사 부 윤리 자립 투명성 겸손 의미 포용 기여
통찰 믿음 만족 경쟁 근면 업적 재미 혁신 공정 중용
공감 열정 배움 자신감 끈기 긍정 진심 풍요 희생 개척
관대함 독창성 용기 성숙 즐거움 나눔 정직 예의 친절
현명함 책임감 신뢰 진심 창의 재치 헌신 감사 단순
현명함 집념 사랑 초연함 건강

처음부터 세 가지 단어만 고르려고 생각하지 말고,
쭉 읽으며 괜찮다 싶은 단어에 동그라미를 치자. 표시
한 단어가 열 개, 스무 개라도 상관없다. 다음에는 동그
라미 친 단어들만 살펴보자. 그중에서도 더 마음에 끌
리는 단어에 네모로 표시하자. 표시된 단어는 처음보다
줄어들었을 것이다. 열 개 이하가 되었다면, 우선순위
를 매긴다. 어떤 단어가 가장 끌리는지 단어 옆에 숫자
를 적어보자. 1순위, 2순위, 3순위가 당신의 핵심 가치

이다. 이때, '사랑'과 같은 단어는 인생 키워드가 될 수는 있지만 내포하는 의미가 포괄적이라 잘 와닿지 않을 수 있다. 가족에 대한 사랑이라면 '가족'으로, 이웃에 대한 사랑이라면 '이웃', 연인과의 사랑이라면 '연인', 인류에 대한 사랑이라면 '인류애'로 생각하는 편이 훨씬 더 도움이 될 것이다.

책에 낙서하는 것을 두려워하지 말자. 나는 책의 모서리를 접고, 포스트잇을 붙이고, 밑줄을 긋고, 내 생각을 적는다. 그러면 책의 내용이 훨씬 더 오래 기억에 남고, 비로소 진짜 '내 것'이 된다.

*마음에 드는 단어(10개 이상이어도 좋다) :

*위 단어 중 더 마음이 가는 단어:

*끌리는 단어에 순서를 매겨보자.

*나의 인생 키워드는 　　　　　　이다.

변하지 않기 위해서
변한다

  나무 안쪽이 죽으면서 단단해지는 것처럼, 침묵이 중요하다는 것을 앞서 설명했다. 하지만 죽은 부분 못지 않게 살아 있는 바깥 부분도 중요하다. 500년 묵은 은행나무를 떠올려보자. 성인의 두 팔로 안아도 다 안을 수 없을 정도로 어마어마한 굵기다. 나무의 지름을 크게 만드는 부분이 바로 살아 있는 바깥 부분이다. 이곳에서 영양분을 운반하고 나무의 생장이 일어난다. 바깥 부분은 공기와 접촉해 외부와 닿으면서 동시에 단단한 심재(죽은 부분)를 둘러싸고 있다. 정적인 핵심 가치를 보호하며 활발하게 성장하는 것이다. 외력에 유연하게 대응할 수 있는 것도 살아 있는 상태에서 활발하게 활동하기 때문이다. 바깥이 죽어 있으면 나무는 더는 자라지 못한다.

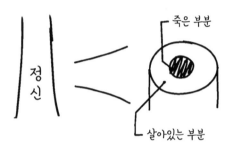

목적이 되는 나의 가치관을 따르되 끊임없이 새로운 정보를 받아들이며 업데이트해야 한다. 고여 있는 물은 썩기 마련이다. 사람도 이와 같다. 외부의 피드백 없는 나 혼자만의 생각은 현실과 동떨어진 고집과 아집이 되기 쉽다. 정보를 받아들이고 부단히 노력하여 정신의 그릇을 키워야 하는 배경이다.

시도하는 마음

나무 기둥과 연결된 가지는 무엇일까. 가지는 사방으로 쭉쭉 뻗어나간다. 더운 여름날 드리운 나무 그늘 밑에서 쉴 수 있는 것은 가지가 사방으로 뻗어주었기 때문이다. 가지의 입장에서 생각해보자. 광합성 작용을 해서 잎을 무성하게 하고 꽃도 피우려면 쭉쭉 자라나야 한다. 태양 빛에 더 가까이 다가가려면 말이다. 광합성 작용을 하지 못하면 나무는 죽는다. 가지를 뻗지 않으면 나무의 생존마저 위험해진다.

나무들은 어떤가? 모든 나무는 적절한 공간과 빛을 찾아 제 가지들을 뻗는다. 이렇게 저렇게 계속 시도한다. 그러다 보면 굽은 가지도 나오게 마련이지만, 나무는 그 과정을 통해 자란다. 생명을 이어간다.

　사람도 마찬가지다. 시도하지 않고 제자리에 있으면 빛을 받지 못한다. 성장이 멈추고 정신이 죽는다. 우리가 무서워해야 할 것은 무엇일까? 시도하다가 실패하거나 잘못 뻗어나갈까 봐 두려워하는 것일까, 아니면 시도조차 하지 않고 연약하게 남아 있다가 스스로 죽어버리는 것일까? 내 생각이 잘못되었을 수도 있고, 이견에 부딪혀 수정하고 정정하느라 더디게 갈 수도 있다. 잘못 뻗어간 가지는 방향을 틀거나 다른 가지가 뻗어나갈 수 있게 멈추면 된다. 그러나 계속 시도하다 보면 햇빛을 잘 받는 방향을 찾아 나아갈 수 있다. 끊임없이 시도하는 자세가 중요한 이유다.

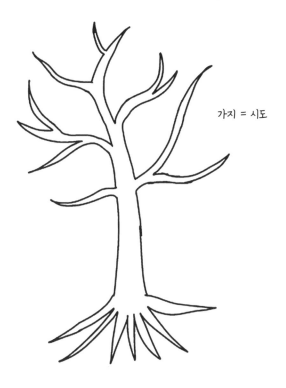

가지 = 시도

수용하는 마음

그렇다면 가지에서 자라나는 잎은 무엇일까. 잎은 빛을 받아들여 광합성 작용을 한다. 포도당과 전분을 만들고 뿌리에서 흡수한 물과 무기 양분을 세포에 전달하는 중요한 역할을 한다. 광합성이라는 목적을 위해 잎은 계속 나온다. 하지만 잎이 나왔다고 해서 좋은 것만은 아니다. 벌레가 와서 잎을 갉아 먹을 때도 있고 태풍이 불어서 떨어질 때도 있다. 그럼에도 잎은 계속 돋아난다.

좋지 않은 점이 있다고 해서 꼭 피해야 할까? 싫은 부분이 있다고 해서 그 일 자체를 그만두는 게 답일까? 태풍이 무서우니 배를 띄우지 말아야 하나? 사람이 싫으니 회사를 그만둘까. 나 역시 매번 고민한다. 아마 대부분 비슷한 고민을 하고 있을 터다.

직장에 다니든 프리랜서로 일을 하든 아르바이트하든 사람들은 대개 업무상의 어려움으로 대인관계를 꼽는다. 맡은 일 자체가 어려워서 그만두는 사람보다 그 일을 둘러싸고 벌어지는 여러 상황, 그 상황에 개입한 사람들과의 관계 때문에 직장을 포기하는 경우가 많다. 오죽하면 "일이 어려운 게 아니라 사람이 어려워"서 회사를 그만둔다는 말이 나돌까. 그러나 나와 맞지 않는 사람은 어디든 있게 마련이다. 심지어 가족들 사이에서도 마찬가지다.

이럴 때 곰곰이 생각해보자. 사람이 싫은 것인가, 내가 돌파해야 할 상황의 어떤 부분이 어려운 것인가, 나의 인생 가치를 뒤흔드는 무엇이 있는 건가? 나의 경우 배를 타는 생활이 싫은 건 아니었다. 일은 처음엔 힘들어도 적응하면 할 만하다. 나 역시 대부분의 문제는 맞지 않는 사람과 매일 함께 생활해야 하는 데에서 왔다. 육지에서와는 달리 배 안에서는 누군가를 마주칠 수밖에 없다. 아무리 피하고 싶어도 정해진 식사 시간, 공간에서 결국은 마주친다. 대개 관계는 조그마한 오해가 커져 눈덩이로 불어나 어긋난 경우가 많다. 그러나 일대일로 이야기를 나눠보면 오해를 풀기에 용이하다. 그 사람의 생각과 가치를 알 수 있기 때문이다. 맞지 않는다고 생각되는 상대와 일대일로 마음을 열고 대화하는 것은 아직도 쉽지 않은 일이지만, 일대일로 대화한 경우에 오해를 풀고 관계를 개선하기에 좋았다.

간단한 요깃거리를 제공하는 것도 삭막한 관계를 개선하는 데에 도움이 된다. 상대에게 주어도 크게 부담을 주지 않으면서도 기호도가 높은 견과류, 커피, 초콜릿, 비스킷, 과자, 음료수 등을 고맙다는 말과 함께 주고받으면 우호적인 이미지로 관계를 형성할 수 있다. 내 성의로 제공하는 것이기에 이기적이지 않고 베푸는 사람이라는 이미지도 생긴다.

인생을 항해하는 한 파도는 계속 치게 마련이다. 파고(波高)가 낮고 높은 차이만 있을 뿐이다. 만일 바람한 점 없고 수면에 미세한 떨림조차 없는 고요함이 계속된다면? 이는 오히려 두려운 일이다. 머지않아 대단한 바람이 혹은 파도가 일어날지 모르니 말이다. 폭풍 전야라는 말도 있지 않은가? 또, 대항해시대에는 '무풍지대'를 '죽음의 지역'으로 여겼다. 돛이 바람을 만나지 않으면 배가 이동할 수 없었기 때문이다.

벌레가 자신을 파먹는 걸 알면서도 계속 뻗어가는 가지와 거기서 피어나는 나뭇잎처럼 우리의 항해는 파도가 오는 것을 알면서도 수용하며 나아간다.

잎 = 수용

정신력은
한 그루의 나무다

정신력을 한 그루의 나무라고 보았을 때 근본이 되는 뿌리는 비전이다. 비전은 내가 이루고 싶은 목표와 이룬 것으로 되고 싶은 목적이라는 두 가지 단계로 구분되는데, 비전이 선명할수록 뿌리가 단단해진다. 나무 기둥을 잘라보면 가운데 죽은 부분과 바깥의 살아 있는 부분이 있다. 죽은 부분은 침묵하는 공간으로 평정심을 유지하며 비전대로 올곧게 나아갈 수 있도록 만든다. 핵심 가치를 설정하면 평정심을 유지하는 데에 도움이 된다. 바깥 부분은 살아 있으며 활동하는 부분이다. 외부와 부딪치며 활발히 활동하기 때문에 성장할 수 있다. 가지는 시도를 뜻한다. 사방으로 쭉쭉 뻗어나가기를 시도하기 때문에 나무가 살 수 있다. 잎은 수용하는 자세에 해당한다. 잎이 나면 햇빛을 받을 수도 있지만, 벌레에게 갉아 먹힐 수도 있다. 해로운 것이 있다는 것을 알면서도 받아들이듯 수용하는 자세를 가져야 한다.

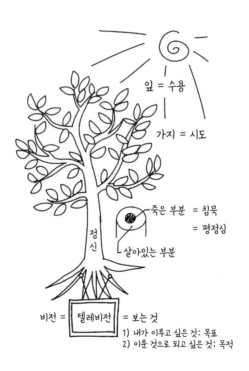

잎 = 수용

가지 = 시도

죽은 부분 = 침묵
= 평정심

정신

└ 살아있는 부분

비전 = 텔레비전 = 보는 것
1) 내가 이루고 싶은 것: 목표
2) 이룬 것으로 되고 싶은 것: 목적

나는 왜
여기 있는가

굳건한 정신의 나무가 세워졌다고 하더라도 눈앞의 현실에 급급한 나머지 잊고 사는 경우가 허다하다. 당장 해결해야 할 과제가 눈앞을 맴돌면 누구나 마음이 조급해지게 마련이다. 목표와 목적이 뚜렷하다 해도 현실이라는 가리개에 가려지기 일쑤다. 그러다 문득 바다와 같은 대자연 앞에 서는 순간 본질적인 질문과 맞닥뜨리게 된다. 나의 존재가 티끌만큼 작다는 깨달음이 온몸을 감싸는 순간이다. 간혹 그 무게를 못 이겨 망연자실 길을 잃기도 한다.

'나는 여기서 무엇을 하고 있지?'

'나는 왜 여기 있지?'

나 역시 질문에 나름의 이유를 달아보았지만, 끝없는 바다처럼 대답에도 끝이 없었다. 그런 질문이 떠오를 때마다 머릿속에 수많은 생각이 오가는 바람에 두통이 일곤 했다. 그러다 책을 읽으면서 내 질문에 대한 답을 찾아줄 실마리를 발견했다.

학교 교육에서 우리가 스스로에게 던져야 할 질문은 무엇을 배웠냐기보다는, 그 후에 어떤 사람이 되었느냐라는 이야기를 읽은 적이 있다. 여기에서 나는 학교를 졸업하고 내가 어떤 사람이 되었는지, 사회적 존재로서 사회에 공헌하고 있는지 한번 생각해보았다. 그러자 놀라운 일이 일어났다. 단지 항해 당직을 서고 갑판을 순찰하고 갑판 정비조의 계획을 짜는 아주 평범한 나의 일상이 평범하지 않게 느껴졌다.

해운은 우리나라 물류의 90퍼센트 이상을 차지한다. 삼면이 바다로 둘러싸인 우리나라는 수입과 수출이 매우 중요하다. 한 기사에서 본 바로는 한국에 입출항하는 선박을 5일간 드나들지 못하도록 하면 우리나라가 경제가 마비된다고 한다. 나는 대한민국의 중요한 부분을 차지하는 해운 무역의 역군으로서 나라에 이바지하고 있었다. 또한, 전쟁이 발발하면 군수물자 수송이 중요해진다. 1592년 임진왜란 때, 곽재우 장군은 왜군의 낙동강을 통한 군수물자 보급로를 차단하고 군량미 조달을 막아 전쟁을 승리로 이끈 바 있다. 즉, 항해사 일은 전쟁 발발 시 제4군으로서 전쟁의 승패를 좌우할 수도 있는 군수물자 수송 임무도 담당하는 것이다.

이 점을 이해하자 내가 하는 일이 절대 사소하지 않음을 깨달았다. 이후 나는 책에서 읽은 두 가지 문장에 답할 수 있게 되었다. 곧 "나 김승주는 학교를 졸업한 후, 나의 전공을 살려 해운 무역의 역군으로서, 비상시 제4군으로서 국가에 공헌하고 있다"라는 것이었다. 자부심이 몰려왔다. 이제 더는 바다라는 대자연 앞에서 허무와 싸우지 않기로 했다. 그러고는 당당하게 외쳤다. "나는 이곳에 위대한 일을 하기 위해 있는 거야!"

나로 시작해서 나로 끝나는 개인적인 해답은 일시적인 편안함과 즐거움을 준다. 문제는 마음이 시시각각 변하는 데 따라 대답도 계속 바뀐다는 점이다. 그러나 사회와 나를 연결하고 그 속에서 나의 역할을 정의하니 답이 명쾌해졌다. 나는 한 치의 망설임도 없이 내가 사회에 도움이 되는 사람이라는 것을, 사회 발전에 한몫하고 있다는 것을 자신할 수 있었다.

항해사뿐만이 아니다. 모든 직업엔 의미가 있다. 분업화된 사회에서 모든 걸 할 수 없는 개개인은 각자의 분야에서 일하며 서로에게 도움을 주고받고 있다. 자신의 역할을 사전적 정의로 된 글을 읽는 수준이 아닌 스스로가 정의를 내리고 마음속에 새겨둘 수 있다면 정신의 나무를 더욱 튼튼하게 만들어 나갈 수 있을 것이다.

나의 정신의 나무

인생 키워드와 비전 부분을 채워서 나의 정신의 나무를 완성해보자.

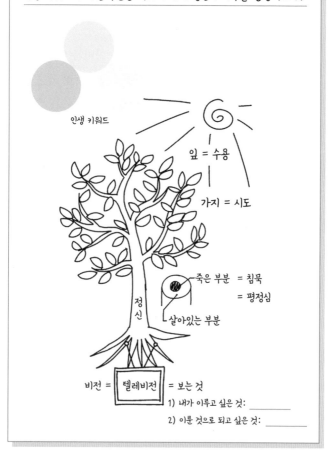

인생 키워드

잎 = 수용

가지 = 시도

죽은 부분 = 침묵

= 평정심

살아있는 부분

정신

비전 = 텔레비전 = 보는 것

1) 내가 이루고 싶은 것: _____

2) 이룬 것으로 되고 싶은 것: _____

2장

체력

정신력은
체력 위에 피는 꽃

"힘들지 않나요?"

배를 탄다고 했을 때 가장 많이 들었던 질문이다. 힘들다는 말은 다방면으로 해석 가능한데, 대부분은 정신적인 면을 묻는 말이었다. 바다는 고립된 환경이다. 요즘 같은 디지털 네이티브 세대에게는 더욱더 견디기 힘든 환경일지도 모른다. 장장 6개월 동안 뭍에서 누리던 5G 통신망은커녕 인터넷 접속이 원활히 이루어지지 않고 '사용할 수 있는 네트워크'조차 뜨지 않는 곳, 가족을 만나지도 못하고, 카페에 들러 향기로운 차를 마실 수도 없다. 육지에서는 아주 당연한 일상을 바다에서는 누리지 못하는 셈이다. 바다 위에서 눈을 뜨고, 바다 위에서 눈을 감고, 매일매일 똑같은 일상이 반복되는 생활. 이런 이야기를 하면 사람들은 심리적으로 분명 힘들 거라며 고개를 절레절레 흔든다.

사람들은 흔히 '배 생활을 잘하려면 정신력이 가장 중요할 거야'라고 생각한다. 맞는 말이다. 똑같은 풍경, 똑같은 일상은 사람을 무기력하게 만들고 심하면 우울증까지 동반할 수 있다. 업무 특성도 마찬가지다. 한 사람이 책임져야 할 책임의 무게가 배에서는 남다르게 크게 다가온다. 11만 톤의 배와 배 안을 가득 채운 화물들. 경제적 가치로 따지자면 천억은 손쉽게 뛰어넘어버리는 선박. 그 안에 값을 매길 수 없는 선원들의 안전까지, 이 모든 걸 책임져야 한다는 부담감은 보통의 정신력으로는 감당하기 힘들다. 올바른 사고, 건전한 정신이 선원에게 특히 중요하다고 강조하는 이유다.

하지만 정신력은 체력이 바탕이 되지 않으면 단단해질 수 없다. 앞에서 나는 정신력을 나무에 비유했는데, 같은 맥락에서 말하자면 체력은 '토양'이다. 토양이 좋지 않으면 제아무리 나무의 종자가 좋다 하더라도 거목이 될 수 없다. 비옥한 토양이 건강한 나무를 만들듯 건강한 체력이 건강한 정신을 만든다.

드라마 「미생」에 나왔던 대사 중 감동했던 말이 있다.

"네가 이루고 싶은 게 있다면, 체력을 먼저 길러라. 네가 종종 후반에 무너지는 이유. 데미지를 입은 후에 회복이 더딘 이유. 실수한 후 복구가 더딘 이유. 다 체력의 한계 때문이야. 체력이 약하면 빨리 편안함을 찾게 되고 그러면 인내심이 떨어지고, 그리고 그 피로감을 견디지 못하면 승부 따위는 상관없는 지경에 이르지. 이기고 싶다면, 네 고민을 충분히 견뎌줄 몸을 먼저 만들어. 정신력은 체력의 보호 없이는 구호밖에 안 돼."

목표와 목적을 설정하고 인생 키워드를 정하여 시도하는 자세, 어려움을 극복하고 수용하는 태도를 겸비했다고 치자. 비전이 확고하여 앞으로 나아가겠다는 의지도 확고하다. 그런데 다음 날 갑자기 몸살이 났다. 마음은 벌떡 일어나 업무에 돌입하고 싶지만, 몸이 불덩이처럼 뜨거워 도저히 일어날 수가 없다. 어쩔 수 없이 일정을 미루고 몸을 돌보아야 한다. 정신력으로 어느 정도는 버틸 수 있지만, 여기엔 한계가 분명하다. 체력이 바닥나면 정신력의 근원인 뇌도 타격을 받는다.

체력과 정신력은 실제로 밀접한 관계가 있다. 사람은 피로해지면 기억력이나 집중력에 문제가 생긴다. 신경생리학적으로 피로가 쌓이면 뇌의 전달 물질이 바닥나게 되어 판단력이 떨어지고 수동적으로 행동하게 된다. 또한 혈액순환이 원활하게 이루어지지 않아서 영양분과 산소 공급, 노폐물 배출이 더디어진다. 우리 몸의 모든 장기는 에너지가 있어야 하는데, 혈액순환이 잘 안되면 당연히 쉽게 피로해진다. 심하면 조직의 기능 장애를 일으키기도 한다. 우리가 흔히 성인병이라고 알고 있는 여러 질병도 실은 혈액순환 같은 대사기능이 떨어져서 나타나는 징후들이다.

인간의 뇌는 몸 전체 무게의 2퍼센트에 불과하지만, 전체 에너지 중 20퍼센트를 사용한다고 한다. 체중의 40퍼센트를 차지하는 골격근의 에너지 소모량이 15퍼센트인 점을 감안하면 뇌가 얼마나 많은 에너지를 사용하는지 알 수 있는 자료다. 특히 전체 혈관의 12~15퍼센트가 뇌를 지나가면서 에너지를 공급한다[8]는 것이다.

이는 정신력도 체력이 받쳐주지 않으면 유지하기 힘들다는 것을 보여주는 과학적인 근거들이다.

체력 관리
= 자기 능력

항해사에게 필요한 기초체력은 어떻게 측정해야 할까? 우선 하루에 8시간 동안 서서 일할 때 집중할 힘이 있다면 '일단 합격'이다. 항해사는 출항 계획에 따라 배에 오르는 순간부터 내리는 순간까지 쉬는 날이 거의 없다. 매일 정해진 당직 시간에 선교(船橋)[9] 에서 항해당직에 임한다. 8시부터 12시가 정해진 당직 시간이라면 아침 8시와 저녁 8시 두 번, 총 8시간을 임하는 것이다. 항해 당직 중에는 우리 배가 다른 배와 충돌하거나 좌초되지 않도록 주시하면서 당직 내내 서 있어야 한다. 6개월 배를 타는 동안 쉬는 날 없이 하루 4시간씩

두 번 당직을 서는 것이다.[10]

항해 당직이 끝났다고 해서 항해사의 일이 다 끝났다고 생각하면 오산이다. 당직 항해는 항해사의 기본적인 업무다. 그 외에도 직책에 따른 여러 가지 역할이 있다. 항해 당직 시간 외에는 자신이 맡은 고유한 담당 업무를 수행해야 하는 것이다.

삼등항해사는 선박에 구비되어 있는 소화설비와 안전설비를 담당한다. 소화기(fire extinguishers), 소화 호스(fire hoses), 소화전(fire hydrant), 화재탐지장치(fire detector system), 자장식 호흡구(Breathing Apparatus) 등 소화 장비를 주기적으로 체크해야 한다. 휴대용 소화기만 해도 97개, 화재탐지장치는 166개가 선박 곳곳에 설치되어 있기 때문에 한 목록을 점검하려면 하루 이상 소요된다. 또한 구명조끼(life jacket), 구명정(life boat), 구명벌(life raft), 구명부이(life buoy)와 같은 안전설비도 주기적으로 점검한다. 우리 배는 40개의 구명조끼가 있으며, 상태가 괜찮은지 확인하는 일을 한다. 그뿐만 아니라 의료관리자이기 때문에 학교와 비교하자면 보건소 같은 병원(hospital) 시설을 관리하며 약을 책임진다. 아픈 선원들에게 약을 제공하며 한 달에 한 번씩 재고를 조사하여 약 목록(medicine list)을 작성한다.

이등항해사는 항해 계획 담당자이다. 배가 가는 항로를 계획하고 위험을 평가하여 해도(일종의 바다 지도)에 항로를 표시한다. 바다의 지형, 수심, 해상 구조물의 위치는 언제든 바뀔 수 있고 해상 훈련과 같은 특별한 경우가 발생하기 때문에 안전한 항해를 위해 모든 해도를 최신화하는 것이 중요하다. 정보는 일주일마다 업데이트되기 때문에 이등항해사는 해도와 관련 간행물을 업데이트하는 데에 주로 시간을 소요한다. 또한 선교에 있는 항해기기의 담당자이기 때문에 레이더(Radar), 엑디스(ECDIS)와 같은 항해기기의 작동상태를 주기적으로 점검한다.

항해 통신사는 대내외 통신 업무가 주이다. 선박이 어느 항구에 입항하기 위해서는 수속 절차를 거쳐야 한다. 선원명부, 입출항 항구목록, 세관신고목록, 선원건강신고서 등 그 나라가 요구하는 서류를 작성하여 입출항이 원활히 진행되도록 한다. 또한 온도를 설정하여 선적되는 냉동 컨테이너의 온도를 매일 확인하기 위해 순찰한다. 이 외에도 선내 문방구류를 담당하며 필요한 물품을 청구한다.

일등항해사는 화물 담당자이기 때문에 매일 순찰하며 화물에 이상이 없는지 확인한다. 그리고 매일 아침 갑판정비조와 회의하여 선박의 부식이 진행되는 곳에 정비 지시를 내린다. 일등항해사는 배의 곳곳을 돌아다니며 문제가 되는 부분이 있는지 확인하고 정비 계획을 세운다. 또한 선원들의 위생을 위해 담당구역과 선실을 점검한다.

하루 8시간 항해 당직, 그 외 고유 직책에 따른 업무. 이 두 가지를 처리하는 것이 항해사에게 주어진 루틴이다. 이와 별개로 모든 선원이 동원되어 일하는 상황도 발생한다. 바로 항구에 입항하거나 출항할 때이다. 입출항 시에는 각자 배를 접안(接岸)하는 데 필요한 일들을 수행해야 한다. 정해진 위치에 가서 맡은 임무를 하는 것이다. 선장과 삼등항해사, 항해통신사는 선교, 일등항해사는 선수부, 이등항해사는 선미부에서 배의 접안과 이안을 돕는다. 선박 입출항 시간은 밤, 낮, 새벽을 가리지 않는다. 따라서 자신의 평소 업무 시간과 다를 때 입출항이 정해지면 부득이하게 오버타임으로 근무해야 한다. 잠을 자다가도 '스탠바이!' 소리가 들리면 벌떡 일어나 나가야 한다는 뜻이다. 체력적인 면만을 생각해서 10을 만점으로 놓고 보면, 사무직이 요구하는 체력 강도는 '3'정도, 항해사가 요구하는 체력 강도는 '7~8'쯤이라고 할 수 있다.

배에서 요구하는 체력의 정도는 좀 더 세다. 체력 관리 능력을 평가하는 데도 엄격하다. 바다라는 특수한 환경에 둘러싸인 배에서는 체력이 곧 자기관리 능력을 말해주기 때문이다.

체력 관리를 소홀히 하면 배를 탄 선원들에게 바로 피해가 간다. 바다에서는 아파도 곧장 병원에 갈 수 없다. 내가 일하지 못하는 만큼 누군가는 나의 역할을 채

위야 하고 대신하는 근무자의 업무시간이 늘어나 피로가 축적될 수밖에 없다. 상태가 심각하여 배에서 내려야 할 경우, 목적지가 아닌 가까운 항구로 방향을 바꾸거나 헬기를 불러야 한다. 또한 자기 일을 교대해줄 사람을 급하게 구해 승선시켜야 한다. 사람의 생명을 비용으로 환산할 수는 없지만, 나 한 사람으로 인해 같이 타고 있던 선원들과 회사의 이익에 지대한 영향을 미치는 것은 분명하다. 배에서 근무하는 사람들이 체력 관리에 실패했을 때 종종 손가락질의 대상이 되는 배경이다.

삼등항해사 시절, 빗물에 젖은 안전화를 신고 내려가다 미끄러진 적이 있다. 다행히 한 손으로 난간을 잡아, 크게 다칠 뻔한 것은 면했다. 하지만 팔이 순식간에 뒤로 꺾이는 바람에 어깨 통증이 심했다. 그러나 아무에게도 알리지 않았다. 선원들에게 걱정을 끼치고 싶지 않았을뿐더러, 결국 안전에 주의를 기울이지 않은 나의 잘못이었기 때문이다.

자신의 체력을 관리하면서 일을 문제없이 수행하는 데에도 요령이 필요하다. 따라서 열심히 하는 것도 중요하지만 몸에 무리를 느낄 정도로 하는 것은 본인뿐 아니라 다른 선원을 위험에 빠뜨릴 수 있다는 사실을 인지해야 한다. 내 몸은 내가 챙겨야 한다. 그리고 나의 건강은 내가 책임져야 한다.

항해사를 양성하는 학교에서 기숙사 생활을 의무화하고, 아침 구보와 훈련 및 각종 점검을 통해 체력을 다지는 데에도 다 이유가 있는 셈이다. 학교에 다닐 때, 아침 구보로 학교 방파제가 아닌 태종대를 한 바퀴 뛰는 경우가 종종 있었다. 오르막길이 많아 걸어가도 힘든 곳을 행렬을 맞추어 뛰어서 올라가려니 숨이 차 쓰러질 것 같았다. 하지만 아무리 힘들고 쓰러질 것 같아도 쓰러지지 않았다. 한계에 도달한 것 같아도 그 한계를 계속 갱신하는 경험, 이는 내게 해낼 수 있다는 확신을 주었다. 또, 학교에서는 일주일에 한 번씩 위생 점검을 실시했다. 조금이라도 더러운 곳이 있으면 열외 훈련을 받기 때문에 항상 긴장했다. 학교에서 왜 그렇게 위생을 중요시했는지 이제는 안다. 고립된 배에서는 무엇보다 선원들의 건강과 위생이 중요하기 때문이다.

나의 건강이
곧 선박의 안전

살면서 체력적으로 남에게 뒤진다거나 특별히 약하다고 생각해본 적이 없었다. 어릴 때부터 체육 관련 점수는 상위권을 유지했으며, 초등학교 6학년 때는 부산에서 서울까지 걸어가는 국토종단에 참여하기도 했다. 각종 훈련과 구보에 낙오한 적이 없으며, 우리나라에서 가장 높다는 한라산의 겨울 등반도 다녀왔다.

그런데도 일등항해사가 되면서 체력 관리를 본격적으로 해야겠다는 생각이 들었다. 직책이 주는 책임감이 컸다. 일등항해사는 갑판부의 장으로서 갑판사관과 갑판부원을 통솔한다. 20명의 선원 중 선장님, 기관장님,

일등항해사, 일등기관사인 시니어 사관에 해당하는데, 서열로 따지자면 '탑 4' 안에 든다. 매일 아침 갑판 정비조와 회의해서 할 일을 분배하고, 배를 순찰하고, 화물과 선체를 점검한다. 일등항해사는 화물 업무가 주요 업무 중 하나이기 때문에 현재 배에 실려 있는 화물을 일등항해사만큼 잘 아는 사람은 없다. 또한, 정비의 실무자이기 때문에 현재 배의 컨디션에 대해서도 완벽하게 파악하고 있어야 한다. 삼등항해사가 자신의 업무를 하지 못할 때는 업무를 해본 경험이 있는 이등항해사나 일등항해사가 적절히 도움을 주거나 조율해줄 수 있지만(물론 선장님이 판단해준다), 상급 사관이 며칠 동안 업무를 처리하지 못하게 되면 상황이 복잡해진다. 나의 업무에 지장이 생긴다는 것은 곧 잘 맞물려 돌아가던 톱니바퀴가 삐걱거리기 시작했다는 뜻이다. 그리고 결과적으로는 배와 선원의 안전은 물론 항해 상황 전반에도 불협화음을 초래할 것이 분명하다.

통솔자가 매일 피곤해하고 힘이 없어 보인다면 어떨까? 선원들의 신뢰감은 급격히 떨어질 것이다. 무기력하고 지쳐 보이는 상급자를 안심하고 따를 사람은 없다. 그런 상사는 직원들에게 무의식적으로 불안감을 안겨줄 뿐이다. 승선이라는 특별한 환경에서는 더욱더 그렇다. 개인의 체력은 나를 위해서도, 선원들의 안전한 생활을 위해서도 매우 중요한 요소임을 명심하자.

체력의 3요소

'체력 증진' 이야기가 나오면 사람들은 대개 '운동'을 떠올리게 마련이다. 나 또한 그랬다. 하지만 운동만 열심히 해서는 한계가 있다. 운동이 체력을 끌어올리는 데에 도움을 주기는 하지만 체력을 오래 유지하려면 운동을 비롯한 여러 요소들이 뒷받침되어야 한다.

특히 배에서는 반짝 강한 체력보다 '생활 체력'을 유지하는 것이 중요하다. 체력을 기르고 유지하는 데에는 여러 생활습관이 영향을 미친다. 그중에서도 생활체력에 영향을 미치는 요소로 운동과 함께 수면과 영양을 꼽고 싶다. 운동을 꾸준히 하면서 영양을 고루 섭취하고, 수면을 충분히 취해야 비로소 건강한 체력을 유지할 수 있다.

적절한 운동, 양질의 수면, 균형잡힌 영양소. 이중 어느 하나에만 집중하거나 어느 한 쪽이 극도로 부족하지 않게 균형을 잡는 것이 중요하다. 체력에 영향을 미치는 3요소인 운동, 수면, 영양 이야기를 시작해보자.

체력의 첫 번째 요소 :
운동

존 로빈스가 『100세 혁명』에서 물은 것처럼, 심장과 뼈를 보호해주고 나이가 들어도 변함없이 신체를 건강하고 날씬하게 유지해줄 알약이 있다면 어떨까? 게다가 그 약이 신체뿐 아니라 뇌에도 좋고, 숙면을 도와주고, 기분도 좋아지고, 기억력을 향상하는 데다가 수명도 길어지면서 암에 걸릴 확률도 낮춰준다면 말이다.

과연 이런 약이 있을까? 정말 있다면 획기적인 발명품이 아닐 수 없다. 노벨상을 받을 일이다. 그런데 실제로 '그런 약이 있다. 바로 '운동'이다. 운동을 하면 땀이 나고 혈액순환이 활발해진다. 근육을 튼튼하게 함은 물론 여러 기관의 대사를 원활하게 하여 면역력을 증진한다. 체중 부하 운동은 골밀도를 증가시킴으로써 뼈를 튼튼하게 해주고 체지방, 내장지방을 감소시켜 비만을 예방한다.

하지만 운동을 열심히 하라는 뻔한 이야기를 새삼스럽게 주장하는 것이 아니다. 운동이 몸에 좋다는 건 누구나 다 아는 사실이다. 그런데 왜 이렇게 하기가 싫은 걸까.

체력을 기르기 위해서 일등항해사 업무를 마치고 운동을 하자고 마음먹었다. 방에서 팔 굽혀 펴기, 윗몸 일으키기, 다리 들어올리기 등 기초운동을 시작했다. 횟수를 정해 10회, 20회, 30회로 꾸준히 늘려나갔다. 하지만 계속 이어가지는 못했다. 입출항이 겹치는 바쁜 날이면 자연스럽게 미루다가 결국 하지 않는 지경이 되었다.

그다음으로 시도해본 것은 운동 앱을 설치해 따라 하는 것이다. 앱에서 나오는 대로 구호에 맞춰 동작을 따라 했다. 매트를 바닥에 놓고 열심히 연습했다. 그러나 일주일 정도 열정 넘치게 하다가 근육통을 핑계로 그만 두었다. 다음은 운동 영상을 보고 따라 했다. 처음에는 영상에 나오는 사람과 '함께' 운동하는 기분이 들어서 의욕이 넘쳤다. 하지만 이번에는 2주를 넘기지 못했다. 마지막 도전은 배에 있는 운동 시설을 이용하는 것이었다. 배에는 김나지움(Gymnasium)[11] 이라는 공간이 있는데, 이곳은 선원들이 운동할 수 있도록 벤치프레스, 사이클, 러닝 머신, 아령 등의 운동 기구들을 마련해놓은 곳이다. 나는 운동을 좋아하는 다른 선원들과 함께 운동을 시작했다. 하지만 어느새 꾀를 부리게 되었다. 땀 흘리며 작업한 날이면 "이걸로 운동 대체"라고 스스로 위안 삼았다. 그러면서 한 번, 두 번 빠지다가 결국 멈추게 되었다.

나는 애초에 운동을 즐기는 편이 아니었다. 그래서 일까? 내게는 운동이 또 하나의 일로 다가오곤 했다. 그러니 지속하고 싶은 마음도 금방 사라졌다. 일을 끝내자마자 또다시 일하고 싶은 사람은 없지 않은가.

운동 습관이 몸에 배지 않은 사람, 나처럼 매번 새롭게 다짐해야 운동이 가능한 나 같은 사람에게는 운동을 지속적으로 하는 게 사실 쉽지 않다. 운동을 운동이라고 생각하는 순간 이미 거부감이 들기 때문이다.

실제로 일등항해사가 되면서 이등항해사, 삼등항해사 때보다 일하는 시간에 몸을 많이 움직이게 된 영향도 컸다. 이미 업무를 하면서 땀을 흘리는 날이 많았기에 그런 날엔 굳이 운동할 생각이 나지 않았다. 예를 들어 일과를 끝내고 잠들기 전 걸음 수를 보면 8,000보를 훌쩍 넘긴 날이 많았다. 미국「뉴욕타임스」는 하버드대

보건대학원의 논문을 인용해 하루 5,000보 이상 걸으면 조기 사망 위험이 계속 떨어지면서 7,500보에서 정점을 찍는다고 발표했다. 하루에 7,000~8,000보 걷는 것을 권유했는데, 이 말에 따르면 나는 일을 하면서 기본적인 운동량을 채우는 셈이었다. 두 마리 토끼를 다 잡은 것 같았다. 일만 열심히 해도 운동 효과가 나타나는 셈이니, 얼마나 멋진 일인가? 나는 순찰하는 길을 계산하여 시각적으로 나타내보았다. 실제로 배의 갑판 위에는 여러 가지 구조물과 기기들이 있지만 좀 더 수월하게 계산하기 위해 배의 표면을 일직선으로 간주했다.

길이 350미터, 폭 46미터의 배를 한 바퀴 순찰하면 다음과 같은 결과가 나온다.

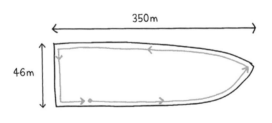

350m + 46m + 350m + 46m = 792m

350미터 + 46미터 + 350미터 + 46미터 = 792미터. 업무상 배 위를 한 바퀴 순찰하면 대략 800미터를 걷는 셈이다.

갑판 한 층 아래인 내부 순찰도 같은 방식으로 계산 해보았다.

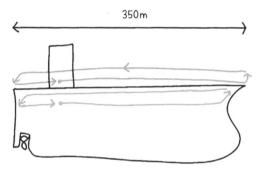

350m + 46m + 350m + 46m = 792m

350미터 + 46미터 + 350미터 + 46미터 = 792미터 이다. 이렇게 하니 내부 순찰과 외부 순찰을 합해 792 미터 + 792미터 = 1,584미터, 하루에 약 1.6킬로미터 를 걷는 셈이다.

그렇다면 하루 네 시간씩 두 번 당직을 서는 선교를 생각해보자. 주변의 교통상황에 따라 당직 시간에 움직이는 동선의 차이가 있겠지만 네 시간의 당직 동안 적어도 좌우로 열 번은 움직인다. 선교의 길이가 32미터인 점을 감안하면 좌우로 열 번 왔다 갔다 했을 때 32미터 x 20미터 = 640미터이다. 아침 당직, 밤 당직을 고려하면 640미터 + 640미터 = 1,280미터, 하루에 약 1.3킬로미터를 걷는다는 결론이다.

당직과 순찰을 고려하면 1.3킬로미터 + 1.6킬로미터 = 2.9킬로미터를 걷는 셈이다. 1킬로미터당 1,300보를 걷는 나의 보폭을 감안하면 3,770보, 약 3,800보를 걷는다. 여기서 13층 높이의 거주 구역을 계단으로 이동하는 것까지 간주하면(한 층당 14개의 계단이 있다. 14 x 13 =182보) 4,000보 가까이 걷게 된다(엘리베이터가 있지만 개인적으로 잘 이용하지 않는다).

순찰은 매일 일반적으로 하는 것이다. 화물을 싣고 항구를 출항하면 항해사는 컨테이너 사이를 돌아다니며 이상한 점이 있는지 확인해야 한다. 이 역시 걸어서 해결하는 업무다. 이번에는 화물 체크 순찰을 기준으로 걷는 거리를 계산해보자.

(46m(폭) x 3(층 수) x 21(화물 구간 수)) + 350미터 + 350미터 = 3,598미터 = 3.6킬로미터, 걸음으로는 약 4,680 걸음이다(층을 올라가고 내려가는 사다리는 계산에서 뺐다).

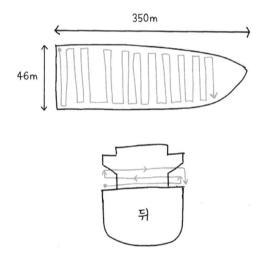

외부에서 볼 수 있는 컨테이너는 갑판상에 선적된 것뿐이다. 그런데 배에는 화물창 안에도 컨테이너를 선적

한다. 따라서 화물창에 이상이 있는지 확인하는 작업도
필수다. 이때 소요되는 거리와 걸음 수는 다음과 같다.
(27미터 + 46미터 + 46미터 + 27미터) x 10(화물창의
수) + 350미터 + 350미터 = 2,160미터 = 2.16킬로미
터. 걸음으로는 2,808보다. 화물창 점검은 수직 사다
리를 통해 위아래로 이동하기 때문에 더 많은 에너지를
사용해야 하니, 운동량은 더 높아진다.

계산상으로는 일반적으로 4,000보가 나오지만, 실

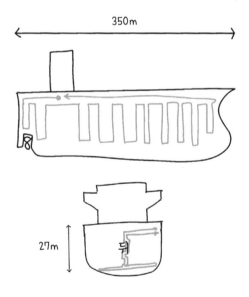

제 일과를 마치고 확인해본 걸음의 수는 더 많았다. 다음은 배에서 실제로 기록한 걸음 수이다.

8월 걸음 수(평균: 11,216보)

일	월	화	수	목	금	토
	14,358	2,308	12,293	13,684	13,011	12,428
12,142	9,359	8,276	19,280	19,758	17,742	13,004
11,776	11,598	12,347	5,655	6,396	6,963	11,632
13,965	9,619	6,036	5,088	5,523	17,302	11,629
12,801	9,340	5,365	17,025			

11월 걸음 수(평균: 9,546보)

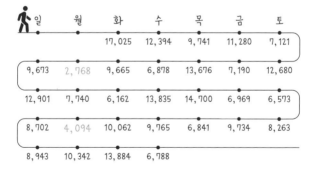

일	월	화	수	목	금	토
		17,025	12,394	9,741	11,280	7,121
9,673	2,768	9,665	6,878	13,676	7,190	12,680
12,901	7,740	6,162	13,835	14,700	6,969	6,573
8,702	4,094	10,062	9,765	6,841	9,734	8,263
8,943	10,342	13,884	6,788			

달마다 조금씩 차이가 있지만, 업무 특성상 나는 하루 평균 9,000보 이상을 걸었다. 휴가 중에는 하루 6,000보 이상 걷는 것을 목표로 삼았으나 달성하지 못하는 날이 더 많았다. 오히려 갇힌 공간이라고 생각한 배에서 더 많이 활동하고 있었다. 나에겐 일상이 운동이었던 셈이다.

 운동하는 마음

운이라 생각하고 순찰에 임하니 무겁게 느껴지던 안전화가 가벼워졌다. 의무감과 의지력으로 임해야 했던 일이 한결 수월해진 것이다. 비가 오거나 추운 날이면 오늘 하루쯤은 건너뛰어도 되지 않을까 흔들릴 때도 있었다. 하지만 일이 아닌 내 몸을 위한 일이라고 생각하니 더는 주저하지 않게 되었다. 이렇게 새로운 마음으로 임한 배는 매번 달랐고, 순찰 시 구석구석이 더 잘 보였다.

어떻게 해석하는가에 따라 어떤 세상을 만나는지가

결정된다. 누구에게나 마찬가지다. 계단 오르기만 해도 그렇다. 지하철역이나 기차역의 계단, 아파트 계단, 학교나 회사의 계단 등등 우리 주변에 있는 여러 계단은 운동용으로 만들어놓은 것이 아니다. 하지만 오르는 사람의 마음에 따라 계단 오르내리기는 운동이 될 수도 있고, 반대로 나를 힘들게 하는 걸림돌이 될 수도 있다. 계단을 오르면서 운동한다고 생각하면 몸에 도움이 되는 것이므로 조금 힘이 들어도 움직임이 즐거울 것이다. 그러나 장애물이라고 생각하면 버겁기만 하고 오르기 싫어진다. 똑같은 계단이지만 어떻게 해석하느냐에 따라 달라 보인다.

일등항해사에게 배를 순찰하는 일은 중요하다. 일례로 어떤 배에서 일등항해사가 순찰 도중 배의 중앙 부분 철판이 찢어진 것을 발견했다. 강철로 된 철판의 두께가 15밀리미터인 것을 감안하면 엄청난 힘이 배의 중앙 부분에 집중되어 있다는 뜻이다. 찢긴 곳에서 이어진 금이 천장까지 연결되어 있어 자칫하다가는 배가 두 동강 날 수도 있는 상황이었다. 일등항해사는 바로 선장님께 보고했고 선장님은 회사에 알린 후 배를 가까운 항구에 접안하고 조처했다. 만일 그 항해사가 순찰 업무를 귀찮고 하찮게 여겨 배를 대충 돌았다면 어떻게 되었을까? 생각만 해도 끔찍한 결과가 벌어졌을 것이다.

어차피 해야 할 일이라면, 어차피 성가시고 힘든 일이라면, 마음가짐을 달리해보자. 일하면서 운동까지 겸한다고 생각하면 어떨까. 따로 시간을 내서 하는 것도 좋지만, 열심히 내 일을 하면서 운동이 함께 된다고 생각하면 업무가 한층 더 새롭게 다가올 것이다.

내가 하는 일 중에 운동으로 생각할 수 있는 일을 적어보자.

예시) · 순찰, 화물 점검 다녀오기, 물건 전달하기,

· _____

· _____

_____

걸음 수를 계산해보자. 계산해도 되고 앱을 이용해 측정하면 편리하다.

예시) · 순찰 : 350m + 46m + 350m + 46m = 792m = (1,030)보

= 열량 (31) kcal

· 화물 점검 다녀오기 : (46m x 3 x 21) + 350m + 350m = 3,598m

= (4,677)보

= 열량 (141) kcal

_____

· _____ : = (_____)보

= 열량 (_____) kcal

_____

· _____ : = (_____)보

= 열량 (_____) kcal

체력의 두 번째 요소 : 수면

　"항해사를 하면 생체 리듬이 깨진다"는 말이 있다. 항해사 일을 시작하면서 나 역시 신체 리듬이 파괴되지 않을까 걱정했다. 신체 리듬이란 인간의 신체, 감정, 지성의 생체활동은 24시간 동안 일정하게 진행되는 게 아니라 주기적인 리듬을 탄다고 보는 것으로 일명 '바이오리듬'이라고도 한다.

　밤에는 자고 낮에는 활동하는 것이 기본적인 신체 리듬이다. 하지만 배는 24시간 운항한다. 시간에 상관없이 새벽에도 입출항하고, 표준시간이 다른 나라로 갈 때는 시간을 앞당기거나 늦춰서 그 항구의 표준시각에 맞춘다. 아시아에서 아메리카로 건너갈 때는 이틀에 한 번 한 시간씩 전진해야 한다. 저녁 여덟 시가 갑자기 저녁 아홉 시가 된다고 생각해보라. 시간상으로는 늦은 밤이지만 잠이 쉬 올 리 만무하다.

제일 큰 걱정은 새벽 네 시부터 아침 여덟 시까지 수행해야 하는 당직 근무였다. 한국에서의 생활을 생각해보면 밤을 새우더라도 새벽 두세 시까지는 어떻게든 버틸 수 있다. 하지만 네다섯 시까지 버티는 것은 정말 힘들다. 해 뜨기 직전. 아무리 밤을 꼬박 새워 드라마를 보더라도 이때쯤 되면 눈은 풀려 있게 마련이다. 모두가 잠든 시각. 자야 할 시간에 자지 않으니 신체 리듬이 깨지고 결국 건강에 악영향을 미치는 건 아닐까 염려되었다.

하지만 휴가를 받아 서점에 갔을 때 나는 놀라지 않을 수 없었다. 『하버드 새벽 4시 반』 『새벽 4시, 꿈이 현실이 되는 시간』 『새벽 4시, 연봉 2억 프리랜서가 되는 시간』 『나의 하루는 4시 30분에 시작된다』 『미라클 모닝』 등 남보다 일찍 새벽에 활동을 시작하여 성공했다는 경험담을 옮긴 저서가 수두룩했기 때문이다. 책을 지은 사람들의 공통점은 한결같았다. 다들 새벽에 일찍 일어나 자신만의 시간을 가졌다. 명상하거나 긍정 확언을 새기거나 책을 읽거나 운동을 하는 등 온전히 자신만을 돌보는 시간을 보내며 하루를 시작한다는 점이었다.

나에게 특히 와닿았던 부분은 '일찍 일어나야 한다'는 말보다 '일찍 자야 한다'는 말이었다. 네 시에 일어나 활동하는 것은 바이오리듬을 깨는 행위가 아니었다. 오히려 수면이 줄어드는 것을 경계해야 했다. 천연 수면제라고 불리는 멜라토닌 호르몬은 밤 열 시부터 새벽 세 시까지 잠을 잘 때 활발하게 분비된다. 활성산소를 제거해주는 멜라토닌 호르몬은 빛에 의해 분비가 차단된다. 그런데 멜라토닌이 분비되지 않으면 암에 걸릴 확률이 높아진다. 잠을 제대로 못 자면 각종 대사증후군의 위험이 커져 고혈압, 당뇨, 고지혈증, 비만의 위험을 높인다.[12] 그 밖에도 수면을 충분히 취해야 할 이유는 많다. 수면을 잘 취하면 집중력과 기억력이 향상되고 고혈압과 심장질환도 예방된다. 면역력이 강화되고 비만 및 당뇨도 예방한다. 잠이 부족하면 낮에 졸리기 쉽고 사고의 위험도 커진다.

운동이 체력을 길러주는 것은 맞지만, 수면을 충분히 취하지 않으면 건강은 유지될 수 없다. 일이 많아 열두 시 넘어 잠이 들 때면 하루 이틀은 괜찮지만 삼 일 이상 지속하기는 힘들다. 잠을 꼭 보충해주어야 한다. 고문 중에 가장 힘든 고문이 잠을 재우지 않는 고문이라고 하지 않던가? 그만큼 수면이 부족하면 정상적으로 생활하기 힘들다는 이야기다. 면역력이 떨어져 병에 걸리기 쉬워진다. 충분한 수면은 온몸에 활기를 돌게 하고, 활동할 에너지를 만들어준다.

적정 수면시간 찾기

　그렇다면 사람은 얼마를 자야 하나, '충분히 잤다'는 건 과연 몇 시간일까? 나는 건강하고 안전한 생활 리듬을 만들어보려고 휴가 중 새벽에 일찍 일어나기를 시도해보았다. 평균적으로 성인은 일곱 시간 이상을 자는 것이 건강에 좋다고 하지만 '적절한 수면시간'엔 당연히 개인차가 있다. 발명왕 에디슨은 세 시간을 잤고, 천재 아인슈타인은 열 시간을 잤다고 한다.

　나는 내 생체 리듬에 맞는 적절한 수면시간을 파악하기 위해서 수면 일지를 기록해보았다. 수면시간과 일어났을 때의 에너지를 적는 것이다. 4시 38분에 일어나는 것을 기준으로 표시해보니 나에게는 여섯 시간이 적절했다. 그 말은 10시 38분에 잠이 들어야 다음 날 하루를 개운하게 시작하여 일에 집중할 수 있다는 뜻이다. 12시가 넘어서 잠든 경우는 다음 날 잠깐 낮잠을 자거나 저녁에 좀 더 일찍 취침하여 평균 수면 시간을 여섯 시간으로 맞춰줘야 한다.

　운동만으로는 체력을 기르는 데에 한계가 있다. 수면을 충분히 취하고, 몸과 마음이 개운한 상태로 운동을 겸하게 되면 건강을 유지할 수 있다. 자신에게 맞는 적정 수면시간을 찾는 것이 중요하다고 강조하는 이유다.

수면시간과 아침에 일어났을 때의 컨디션을 10점 만점으로 기록해보자.

적정 수면시간을 찾으려면 최소한 한 달 이상 수면시간을 기록해보아

야 한다.

잠든 시각	일어난 시각	총 수면 시간	컨디션 점수

*나의 적정 수면시간 :   시간

체력의 세 번째 요소 : 영양

대항해시대는 모험과 개척의 시대였다. 장거리 항해에서 선원들이 가장 두려워한 대상이 무엇이었을까? 태풍이나 해적? 아니다. 바로 원인을 알 수 없는 불치병, 괴혈병이었다. 항해가 길어지면 처음에는 무기력해지다가 만성피로를 느낀다. 잇몸에서 피가 나고 치아도 흔들리는데, 이를 방치하면 혈뇨와 혈변 등 출혈성 질병이 발생하고 면역력이 저하되어 감염에 취약해지면서 결국 사망하게 된다. 식민지 쟁탈을 위해 영국을 떠난 1,955명의 장병 중 사 년 후에 634명만 살아서 돌아왔는데 이때 전투로 인한 사망자는 네 명에 불과했고, 열병과 이질 사망자가 320명이었으며, 괴혈병으로 인한 사망자는 무려 997명이었다고 한다. 야채나 채소를 먹지 못해 비타민 C가 부족해진 것이 발병의 원인이었다. 근래에는 항구에 들러 신선한 야채와 과일을 공급받기 때문에 비타민이 부족하여 고혈병에 걸리거나 그 때문에 사망하는 선원은 거의 없다. 하지만 편식하여 영양분을 고루 섭취하지 않으면 이야기는 달라진다. 선원들에게 스스로 영양을 꼭 챙겨야 한다고 강조하고, 운동과 수면만큼 중요한 것이 고른 영양 섭취임을 자나깨나 강조하는 이유다.

고기를 좋아하는 타수(舵手)가 있었다. 타수는 선박에서 키 다루는 일을 맡는 사람이다. 그는 고기 킬러였다. 하루 삼시 세끼 오로지 고기만 먹었다. 다른 반찬이나 야채는 전혀 입에 대지 않고 배를 타는 1년(오래전에는 배를 1년씩 타기도 했다) 내내 육고기만 먹었다. 어느 날 타수가 선장님께 한쪽 눈이 잘 보이지 않는다고 하소연했다. 그러다니 결국 한쪽 눈이 실명된 채로 하선하였다. 영양을 고루 섭취하는 것이 얼마나 중요한지 보여주는 사례이다.

하버드대학교 보건대학원이 제공한 '식품 피라미드'[13]
를 보자.

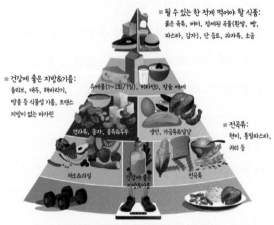

THE HEALTHY EATING PYRAMID
하버드 대학의 음식 피라미드

■ 될 수 있는 한 적게 먹어야 할 식품:
붉은 육류, 버터, 정제된 곡물(흰쌀, 빵, 파스타, 감자), 단 음료, 과자류, 소금

■ 건강에 좋은 지방&기름:
올리브, 대두, 해바라기, 땅콩 등 식물성 가름, 트랜스 지방이 없는 마가린

유제품(1~2회/1일), 비타민D, 칼슘 제제

■ 전곡류:
현미, 통밀파스타, 귀리 등

건과류, 종자, 콩류&두부

생선, 가금류&달걀

채소&과일

건강에 좋은 지방&기름

전곡류

■ 매일 운동, 체중 조절, 종합 비타민과 여분의 비타민 D

이 그림을 보면 인간이 먹어야 할 필수 영양소에 멀
티비타민과 비타민D가 포함되어 있다는 것을 알 수 있

다. 필요한 양은 소량이지만 없으면 질병을 유발하기에 신체에 부족한 영양소를 챙기는 일은 이제 누구에게나 필수가 되었다. 여러분은 날마다 탄수화물, 단백질, 지방, 비타민, 미네랄 5대 영양소를 고루 챙겨 먹고 있는가?

승선하러 갈 때 나는 캐리어를 두 개 챙긴다. 각각 30인치와 20인치 캐리어다. 30인치짜리 캐리어에는 생활용품을 담고, 20인치짜리 캐리어에는 영양식품을 가득 채운다.

운동과 수면이 충분해도 주요 영양소가 결핍되면 몸 어딘가에서 이상 신호가 오기 마련이다. 흔히 '체력 향상'을 떠올렸을 때, 비타민, 미네랄과 같은 영양소를 보충하는 것은 운동만큼 큰 부분을 차지하지는 않는다. 하지만 이를 간과하는 순간, 그 어떤 요소보다 크게 작용하기 때문에 필요한 영양소를 미리 섭취하는 것이 중요하다. 우리에게 필요한 영양소의 종류는 다음과 같이 다양하다.[14] 본인은 어느 영양소를 챙겨 먹고 있고, 놓치고 있는 부분은 없는지 체크해보자.

각종 영양소 효능 살펴보기

비타민 A (눈, 피부 세포 유지 기능)

비타민 B1 (신경 전달 물질 활성화, 피로 회복)

비타민 B2 (성장 촉진, 세포 재생)

비타민 B3 (피부 염증 완화, 기억력 개선)

비타민 B5 (세포 재생, 혈액 세포 생성)

비타민 B6 (수면 개선, 빈혈 예방, 노화 방지)

비타민 B7 (지방, 탄수화물 대사 관여)

비타민 B9[엽산] (태아 발달 도움, 피부 재생)

비타민 B12 (빈혈 예방, 세포 분열 관여)

비타민 C (항산화 작용, 피로 회복)

비타민 D (칼슘 흡수율 증가, 세로토닌 활성화)

비타민 E (항산화 작용, 암 예방, 백내장 예방)

비타민 K (혈액 응고에 관여, 신생아 출혈성 질환 예방)

칼슘 (골밀도 손실 감소, 골다공증 예방, 위산 중화)

마그네슘 (부정맥 예방, 노화 방지)

철분 (빈혈 예방, 피로 개선)

아연 (설사 예방, 면역기능 개선)

베타카로틴 (구강백반증 예방, 화상 예방, 관절염 예방)

오메가3 (고혈압 예방, 심장질환 예방, 류머티즘성 관절염 예방)

구리 (구강질환 예방, 유아기 성장 증진, 면역기능 향상)

요오드 (갑상샘종 예방, 인지기능 향상)

셀렌 (항산화 효능, 전립선암 예방)

크롬 (저혈당증 예방, 다낭성 난소증후군 예방)

칠순의 선장님 🌊

　'강인한 체력'이라는 말을 들으면 바로 떠오르는 분이 있다. 내가 배를 타는 동안 만났던 칠순의 선장님이다. 나를 포함한 그 어떤 선원보다 정정했던 선장님을 절대 잊을 수 없을 것이다.

　선장님은 염색하지 않았는데도 늘 검은 머리와 짙은 눈썹을 유지했고, 피부에서도 윤이 났다. 그분은 배에 설치된 엘리베이터를 사용하지 않고 언제나 9층 높이의 계단을 이용하곤 했다. 나는 배를 타면서 선장님이 숨 차 하는 모습을 단 한 번도 본 적이 없다. 선장님은 방 안에서 아령, 스쿼트, 플랭크를 꾸준히 하셨다. 우연히 본 선장님의 장딴지는 파인애플만큼 굵었다. 심부름하러 방문한 선장님 방 탁상에는 수많은 비타민이 놓여 있었다. 선장님은 각종 영양소와 관련해 한나절은 설명할 수 있을 정도로 척척박사였다.

칠순 선장님의 체력이 나보다 좋다는 것을 인정하게 된 계기는 캐나다 관광을 통해서다. 가보고 싶은 곳이 많아 여기저기 선장님과 함께 구경을 많이 다녔지만, 연세가 있으셨기에 내심 걱정하지 않을 수 없었다. 그래서 버스를 타고 전철을 타고 돌아다니는 동안 나는 늘 선장님의 상태를 유심히 살피곤 했다. 그런데 아무리 돌아다녀도 선장님은 힘든 내색을 하지 않으셨다.

한 번은 내가 너무 힘든 나머지 몇 걸음이나 걸었는지 핸드폰을 들고 확인해보았다. 걸음 수가 22,000보를 넘어가고 있었다. '그러면 그렇지. 어쩐지 다리에 힘이 빠지고 몸이 처지더라니' 하면서 내심 많이 걸어서 그런 것이지 내가 약한 게 아니라고 스스로를 다독였다. 그런데 이게 웬일인가? 칠순의 선장님은 조금도 지친 기색 없이 관광을 계속하셨다. 오히려 평소보다 혈색이 더 좋아 보였다. 그 모습이 아직도 눈에 선하다.

선장님의 그 모습은 규칙적인 운동과 충분한 수면, 올바른 식습관과 영양을 챙긴 덕에 가능한 것이었다. 과연 나는 일흔 살이 되었을 때 우리 선장님 같은 체력을 유지할 수 있을까? 그 어떤 것과도 바꿀 수 없는 건강. 천하를 다 얻어도 건강을 잃으면 소용없다는 것은 결코 빈말이 아니다. 모든 생명체의 활동은 '몸'에서 시작하기 때문이다.

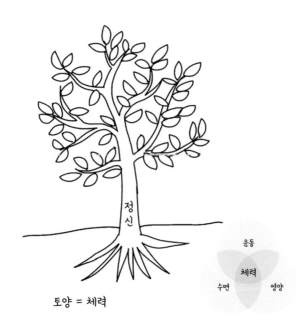

정신

토양 = 체력

운동
체력
수면　영양

건강한 정신은 건강한 몸에서 나온다. 체력은 정신의 나무가 뿌리 내리는 토양과도 같다. 건강한 체력을 유지하려면 운동, 수면, 영양 이 세 요소가 모두 조화를 이루어야 한다.

3장

사교력

너와 나의 최대 거리,
350미터

　"배는 사람이 전부다"라는 말이 있다. 배 타는 사람들이 정말 공감하는 말이다. 연식이 오래된 배를 타느라 일이 많을 때도 그 배에 탄 사람들이 좋으면 견딜 만하다. 그러나 일거리가 별로 없는 새 배라고 해도 사람들과의 관계가 좋지 않으면 정말 견디기 힘들다. 피할 곳이 없는 환경이라서 더 그런 것 같다.

　배 안은 아무리 멀리 떨어져 있다고 해도 '350미터'이다. 일을 마치고 퇴근하는 거리는 350미터를 넘지 않는다. 무슨 일이 생겨도 달려가는 거리는 350미터 안짝이다. 문을 두드려 선원들과 만날 수 있는 거리도 350미터를 넘지 않는다. 배를 탄 사람들은 모두 그 350미터의 마법 안에 살고 있다. 바다라는 공간과 배라는 폐쇄된 특성 때문인지 이곳에서 맺는 인간관계는 육상에서보다 훨씬 더 복잡하다.

따라서 이곳은 나쁜 마음을 먹으면 굉장히 위험해질 수도 있는 곳이다. 이를테면 다음과 같은 시나리오도 펼쳐질 수 있다.

선원 중 한 사람이 마음에 들지 않는다. 선원들이 합심하여 자는 선원의 방에 들어가 선원을 잡아 바다에 던진다. 깜깜한 밤, 태평양 한가운데에 사람이 빠졌다. 고함을 질러도 도와줄 사람 하나 없고 지나가는 배 한 척 없다. 선원들은 입을 맞춰 모르는 일로 하자고 한다. 선원 한 명이 실종되었다는 소식을 듣고 수색해보아도 넓은 태평양에서 그를 찾아낼 리 만무하다. 수사가 이루어지고 선원들은 모두 그날은 자고 있었다면서 자신은 모르는 일이라고 잡아뗀다. 범죄를 증명할 길이 없다.

한 선장님께서 들려주신 이야기가 있다. 옛날에는 밀항자들이 배에 몰래 승선하는 경우가 잦았다고 한다. 특히 아프리카 항구에 들어가면 가난에 지친 현지인들이 유러피안 드림을 꿈꾸며 새 삶을 살고자 종종 탈출을 시도했다. 정박한 배에 몰래 승선하여 유럽의 어느 항구에서 몰래 하선하면 성공이지만, 중간에 선원들에게 발각되는 경우도 많았다. 배에 밀항자가 있으면 입항을 거부당할 수도 있기 때문에 일 처리가 사뭇 복잡해진다. 따라서 밀항자를 지중해 바다에 빠뜨리는 경우가 부지기수였다는 것이다. 물론 지금은 국제 규범이 강행되어 밀항자의 인권 보호 측면에서 안전과 복지를 제공해야 하지만, 그만큼 선원들이 마음만 먹으면 얼마든지 위험해질 수 있는 공간이 배라는 걸 알 수 있는 일화다.

앞에서 극단적인 예를 들었지만, 실상 배라는 공간에서는 누군가가 마음에 들지 않으면 해코지를 할 수도, 여권을 바다에 던져 곤란하게 할 수 있다. 때에 따라서는 과도한 스트레스와 우울을 이겨내지 못하고 스스로

생을 마감하는 사람이 생길 수도 있다. 따라서 외력이든 내부 요인이든, 배를 탄 사람이라면 서로를 운명공동체로 인식하고 챙겨야 한다.

다행히 나는 배 생활에 잘 적응한 편이다. 사람들을 대하는 다음 두 가지 원칙이 큰 도움이 되었다.

첫째: 모든 사람에게는 배울 점이 있다는 것을 명심하라.

둘째: 사람은 변하지 않는다. 타인이 변할 거라는 기대를 버려라.

모든 사람에게는
배울 점이 있다

정현종 시인이 쓴 「방문객」 가운데 "사람이 온다는 건 실은 어마어마한 일이다. 그는 자신의 과거와 현재와 그리고 그의 미래와 함께 오기 때문이다. 한 사람의 일생이 오기 때문이다"는 글귀가 있다. 사람의 귀함을, 누구든 사람이기 때문에 귀하다는 것을, 그리고 사람은 누구나 자신의 역사로 존재한다는 것을 잘 보여주는 구절이다.

나와 이야기를 나누고 있는 누군가가 있다. 내 눈앞

에 존재하기까지 그는 수많은 사람을 마주했을 것이고, 수많은 어려움을 겪었을 것이며, 숱한 경험을 통해 나름의 태도와 살아가는 방식을 익혔을 것이다. 그 경험의 총합이 바로 그 사람이다. 독특하고 유일한 그 시간 덕분에 사람은 누구나 귀한 존재로 거듭난다.

모든 사람에게는 장단점이 있다. 강점도 있고 약점도 있다. 타인과 잘 어울려 살아가는 사람들을 보면 단점이 장점을 뛰어넘지 않도록 적절히 조절한다는 것을 알 수 있다. 가끔 단점이 얼굴을 빼꼼 내밀지만, 장점이 나타나 단점을 무마시킨다.

장점에 초점을 두면 누구에게나 배울 점이 있다. 윗사람은 물론 또래, 나보다 나이가 어린 사람에게도 이 원칙은 적용된다. 배의 체계상 좋은 점은 다양한 사람을 만날 수 있다는 것이다. 동갑은 물론 손아랫사람, 열 살, 스무 살, 때론 마흔 살 이상 차이가 나는 손윗사람들과도 스스럼없이 대화를 나누며 동료가 될 수 있다.

물론 처음부터 서로를 온전히 이해할 수 있는 것은 아니다. 그러나 조금만 시간을 두고 더 이야기해보면 그가 왜 그런 생각을 가지게 되었는지 알게 된다. 그들이 지닌 삶을 살아가는 자세, 태도, 지혜는 때론 책보다 더 생생하고 깊다. 선배들의 지혜는 종종 권위의 힘을 빌거나 가시 박힌 포장으로 아프게 다가올 때도 있다. 그러나 이 역시 그의 일부, 즉 말하는 이의 뼈아픈 경험과 고통으로 만들어진 그 사람의 일부인 것이다. 이 점을 감안하면 누군가의 본질을 파악하는 것은 꽤 달가운 숙제일지도 모른다.

나와 관계가 좋은 사람을 떠올려보자. 그 사람의 장점은 무엇인가?

몇 개의 대표적인 단어로 적어보자.

_____

_____

_____

_____

_____

_____

_____

_____

_____

_____

_____

_____

이제 그 사람의 단점을 곰곰이 생각해보자. 역시 몇 개의 대표적인

단어면 충분하다. 그리고 그의 단점을 상쇄해주는 장점이 무엇인지 위

에 적은 단어를 참조하며 적어보자.

다음은 나와 관계가 좋지 않은 사람을 떠올려보라. 주변을 둘러보면 나와 관계가 어긋나거나 감정이 좋지 않은 사람이 있을 것이다. 부인하고 싶겠지만, 그에게도 분명 자기만의 강점이 있을 것이다. '나와의 관계'라는 색안경을 잠시 벗어버리고 그의 본연을 생각해보자. 단점에 가려져 잘 인지하지 못했던 그만의 장점을 떠올려보라. 몇 가지가 떠올랐는가? 이제 여기에 적어보자

_____

_____

_____

_____

_____

_____

_____

_____

이렇게 가시화하다 보면 그가 어떤 일을 할 때 '아, 이게 바로 저 사람의 장점이지' 하는 순간이 올 것이다.

사람은
변하지 않는다

한때 나는 '사람은 바뀔 수 있다'고 철석같이 믿고 있었다. 사람을 바꿀 수 있다고도 생각했다. 그런데 드라마, 영화, 소설 등 제대로 된 플롯을 가진 모든 이야기를 떠올리다 문득 내 생각에 모순이 있다는 것을 깨달았다. 드라마만 봐도 그렇다. 드라마를 만들 때는 보통 등장인물을 먼저 설정한다. 이른바 캐릭터 말이다. 이때 인물의 배경이나 외모는 물론 성격까지 꼼꼼하게 설정한다. 내가 좋아하는 BBC 드라마 「오만과 편견」을 예로 들어보자. 리지의 성격은 명랑하고 쾌활하다. 위컴은 예의 바른 척하지만, 술을 좋아하고 거짓말쟁이다. 당연한 말이지만 등장인물은 작가가 처음 설정한 캐릭터의 테두리에서 크게 벗어나지 않는다. 위컴이 갑자기 자기 계발을 하겠다며 아침에 일찍 일어나고 술을 끊고 운동을 열심히 하고 부지런히 일해서 빚을 갚는 일 따위는 결코 벌어지지 않는다. 만일 그런 일이 일어난다면 이는 그 드라마의 '반전'이 된다. 드라마는 현실을 반영한다. 그러니 실제 현실에서 사람이 갑자기 변하는 일이 드문 것처럼 드라마 안에서도 캐릭터의 성격이 급변하는 경우는 없다. 물론 오만했던 다아시가 리지를 만나 겸손과 친절의 미덕을 쌓은 예도 있다. 그는 자신의 성격을 바꾸고 뉘우치는 힘든 일을 해냈기 때문에 선망의 대상이 될 수 있었다. 마치 현실에서처럼 누군가를 바꾸려 하는 것, 바꿀 수 있다고 믿는 것이야말로 오만이다. 그렇다면 나와 맞지 않는 사람을 만나면 어떻게 해야 할까? 나는 리지의 행동을 보면서 답을 얻었다. 그녀는 자신과 맞지 않는 사람들을 애써 바꾸려 하지 않는다. 그렇다고 스트레스를 오래 남겨두지도 않는다. 있는 그대로 그들을 인정하면서 곤란한 상황이 오면 재치 있게 받아넘긴다. 예를 들면, 누가 들어도 터

무니없는 이야기를 하는 어머니를 제지할 수도 있을 텐데, 그녀는 '그래…, 이게 우리 엄마지' 하면서 상대방이 당황하지 않게 이야기를 이끌어 나간다. 그 사람을 인정하고 유연하게 상황을 넘긴다. 또한, 딸밖에 없어 아버지의 재산이 남에게 돌아가는 처지에 억울함을 표하지만 낙담하지는 않는다. 상황을 인정하고 자신이 즐길 수 있는 것을 즐긴다.

'상황은 변하지 않는다. 사람도 변하지 않는다. 주어진 모든 것을 대하는 나의 태도만이 바뀔 수 있다.'

인생의 부조리함, 내 맘 같지 않은 사람 등등 살다 보면 내가 바꿀 수 없는 것들을 많이 만난다. 이럴 때 그 대상들이 바뀌지 않는다고 불평을 늘어놓거나 절망할 필요가 없다. 있는 그대로 받아들이고 유연하게 대처하자. 나의 자세를 바꾸는 것도 하나의 지혜로운 방법이다. 다른 사람의 생각이나 행동을 바꿀 수는 없어도 나의 태도는 바꿀 수 있지 않을까? 아니, 어느 쪽이 더 수월할까? 결국, 내가 할 수 있는 일은 맞지 않는 세상 어느 한 귀퉁이를 있는 그대로의 모습으로 다른 귀퉁이와

부드럽게 이어주는 것이다. 우리는 다만 이런 일을 유연하게 해내기 위해 끊임없이 배울 뿐이다.

사람은 절대로 변하지 않는다. 그러니 괜히 스트레스를 받지 말자. 대신 그 상황을 대하는 나의 마음가짐을 바꾸자.

그런데, 만에 하나 하루아침에 변한 사람이 있다면 그 사람을 격렬히 환호하고 박수치며 축하해주자. 천지개벽과 같은 대단한 일을 해낸 사람이니 말이다.

다음의 과정은 3장의 '체력' 문제를 언급하면서 예로 든 계단 오르기의 경우와 같다. 계단을 장애물이라고 생각할 때와 운동의 수단이라고 생각할 때 우리의 반응과 행동이 달라지는 것을 보았다. 이 경우도 마찬가지다. 타인은 변하지 않는다. 고로 상황도 변하지 않는다. 그 상황을 받아들이는 나의 마음가짐의 변화가 태도를 바뀌게 하고 결과적으로 상황 인지에 영향을 미칠 뿐이다.

나를 힘들게 하는 상황은 어떤 것인가?

_____

_____

_____

나는 그 상황을 어떻게 받아들이는가? 내 감정을 적어보자.

_____

_____

_____

상황과 상대는 변하지 않는다. 그렇다면 스트레스를 줄이기 위해서는 나의 마음가짐을 바꾸어야 한다. 어떤 생각으로 받아들여야 스트레스를 덜 받을까? 내 마음가짐을 적어보자.

_____

_____

_____

_____

다섯 가지 철칙

배를 타는 동안 나는 앞서 말한 두 가지 원칙을 고수하려고 늘 노력했다. 덕분에 제법 '무난한' 인간관계를 유지할 수 있었다. 누구에게든 배울 점이 있음을 인정하기, 사람은 쉽게 변하지 않는다는 것 인정하기. 이런 사실을 인정하고 사람들을 대하면 있는 그대로를 받아들이고 그 속에서 장점을 찾아 배우게 된다. 상대의 말을 경청하게 되고, 자연스럽게 존중하게 된다.

그런데 무난한 관계를 넘어 '원만한 관계'로 발전시키려면 또 다른 노력이 필요하다. 일등항해사는 업무 특성상 승무원의 규율 및 기강을 확립하면서 선원들과의 관계를 잘 유지해야 한다. 마냥 즐거운 분위기를 만든다고 좋은 것도 아니고, 상명하복식의 딱딱한 관계를 유지한다고 해서 칭찬받을 일도 아니다. 한 부서의 장으로서 리더십을 발휘하면서 유연한 분위기를 만들어야 한다. 말은 쉽지만, 매우 어려운 일이다. 몇 번의 경험 끝에 나만의 원칙이 생겼다.

1) 다른 사람 비난하지 않기

2) 이름 부르기

3) 긍정적인 에너지 발산하기: 웃음

4) 착실하면서도 단호하게 행동하기

5) 컨디션 체크하기

이 다섯 가지 원칙을 하나하나 살펴보기에 앞서 당부하고 싶은 말이 있다. 사람들과 잘 지내는 건 의무가 아니다. 스트레스를 받으면서까지 잘 지내야 한다는 강박관념을 가지지 않았으면 좋겠다. 내가 배를 타는 것은 일하기 위한 것이지, 사람들과 잘 지내기 위한 건 아니다. 일단 배에 올랐으니 내가 맡은 일을 잘하려고 애쓸

따름이다. 자기 맡은 바를 잘 해내고 매사에 성실히 임하는 사람에게는 누구든 호감을 느끼게 마련이다. 자기 일 하나 제대로 해내지 못하면서 인간관계만 좋게 만들려는 사람은 좋은 평가를 받을 수 없다. 일터는 사교장이 아니기 때문이다. 일단 업무에 적응하고 잘 해내야 한다. 그리고 나서 관계를 돌아보자. 나부터 세우고 당당해져야 그 당당한 기운이 퍼져 함께하고 싶은 사람이 되는 것이다.

다른 사람
비난하지 않기

'다른 사람 비난하지 않기'라니, 초등학교 도덕 시간에 나올 법한 당연한 이야기라고 할 사람도 있을 것이다. 그렇다. 하지만 이것이야말로 가장 기본이 되는 중요한 철칙이다.

남의 험담하기를 좋아하는 선장님과 일한 적이 있다. 그는 삼등항해사와 있을 때면 이등항해사와 일등항해사를 험담하고, 이등항해사와 있을 때는 일등항해사와 삼등항해사를 욕했다. 일등항해사와 있을 때는 이등항해사와 삼등항해사를 욕했다. 어떻게 되었을까? 항해사들은 모두 알고 있었다. 그 선장은 자신이 자리를 비우는 순간 다른 항해사들에게 자기 험담을 한다는 사실을 말이다. 선장님이 내려가면 모든 항해사가 자신이 들은 바를 공유했다. 그러다 보면 정작 비난의 대상은 선장이 되곤 했다. 배는 좁다. 공간적으로 보나 인원으로 보나 육지보다 훨씬 좁다. 모든 이야기는 돌고 돌게 마련이고, 세상에 비밀은 없다.

남을 비난하는 순간에는 듣는 사람이 동조해주므로 자신의 기분이 풀릴지 몰라도, 듣는 사람은 은연중에 이렇게 생각한다. '이 사람은 다른 곳에서 나를 이렇게 욕할 수 있겠구나' '다음 피해자는 내가 될 수도 있겠지.' 남을 비난하기 좋아한다는 인식을 상대에게 주는 순간 신뢰는 무너진다. 이렇게 불신이 쌓이다 보면 사적인 감정으로 끝나는 것이 아니라 어느 순간 업무에까지 영향을 미치게 된다. 비난이 두려워 실수를 숨기게 되고, 결국 큰 사고로 터져버린다.

거의 운명공동체나 다름없는 선상에서 큰 사고가 생겼다고 치자. 앞에서 이야기한 것처럼 남의 험담을 잘하는 선장님이 끝까지 선원들을 지켜줄 것이라고 믿을 수 있을까? 보통 사람이라도 믿기 어려울 텐데 나를 욕하는 사람이라면? 아마 더욱더 믿지 못할 것이다.

남을 비난하는 순간 타인을 향한 화살은 나를 향해 돌아온다는 것을 명심하자. 어떤 사람이든 모든 방면에서 좋을 수만은 없다. 장점도 있고 단점도 있는 게 사람이다. 모두 불완전한 인간이다. 그러므로 단점보다 장점에 초점을 두고 그 사람을 바라보는 연습을 하자. 그러면 분명 배울 점이 나올 것이다. 장점을 칭찬하면 더 좋지만, 그게 안 된다면 단점을 비난하지 말자. 그것만으로도 많은 관계를 개선할 수 있다.

남을 험담하곤 하던 선장님도 실은 호탕하고 웃음이 많은 분이었다. 진심으로 배를 걱정하고 부지런히 살피며 돌아다니는 분이다. 분명 배울 점이 있는 분이었다.

최근 내가 비난한 사람이 있는가? 있다면 어떤 점을 비난했는지 적어보자.

내가 비난한 사람의 좋은 점을 적어보자.

내가 비난한 부분을 좋게 생각하면 어떤 장점으로 전환할 수 있을까?

이름 부르기

여러분은 일상에서 가족이나 친구, 동료의 이름을 자주 부르는가? 가만 보면 서로 이름을 부르는 경우가 그리 많지 않다는 걸 알 수 있다. 대개 직함으로 부르거나 (부장님, 김 대리, 매니저님) 혹은 역할로 부르거나(어머니, 삼촌, 아저씨), 그것도 아니면 그냥 '저기요, 여기요' 한다. 우리나라 사람들에겐 아무래도 이름을 부르는 문화가 어색한가 보다.

휴가 기간 동안 나는 매일 아침 강의를 들었다. 아침 7시 15분부터 약 한 시간 줌으로 진행되는 강의였는데, 신청곡을 받아 노래를 틀어주고 책을 읽으면서 혹

은 사람을 만나면서 느낀 점을 전해주는 '행복 잡화점'
이었다. 통찰을 주는 내용이 많아 매일 들었다. 다른 좋
은 강의도 많았지만 이상하게도 우선순위에 두고 계속
듣게 되는 강의였다. 신기한 점은 강의의 주요 내용이
끝나도 사람들이 나가지 않는다는 점이었다. 60명으로
시작했는데 이야기가 끝났을 때는 65명으로 늘어나 있
었다.

어느 날 유심히 그 이유를 생각해보다가 강사의 '어
떤 행동'으로 사람들이 남아 있는 이유를 짐작하게 되
었다. 마칠 때면 그날 참석한 사람의 이름을 매번 모두
불러주는 것이다. 순서를 기다리니 내 이름이 호명되었
다. 잠시 언급된 것뿐이지만 이름이 불린 순간 입가에
미소가 번졌다. 참석한 사람의 이름을 다 듣고 나서야
사람들은 나가기 시작했다. 신기했다. 단지 이름을 불
러준 것만으로도 인정받는 기분이 들었다. 불러주는 사
람과 나와의 어떤 특별한 관계가 형성되는 느낌이었다.

배를 함께 타고 있는 스무 명의 이름을 외우는 것
은 여간 힘든 일이 아니다. 한국인은 쉽지만 외국인
의 경우가 좀 어렵다. 특히 필리핀 선원의 이름은 길

다. 첫 번째는 아버지의 성, 두 번째는 자신의 이름, 세 번째는 어머니의 성, 이렇게 세 가지로 구성되기 때문이다. 'GOMOS AMADEO JR. DOMINBUEZ' 'BOYBOY, FRANKLIN NUNEZ' 'ARAGO VAN DAMME TAROSA'…. 복잡하고 외우기도 힘들어서 다른 사람들처럼 중간에 있는 이름을 기준 삼아 부르게 되었다. 아마데오(AMADEO), 프랭클린(FRANKLIN), 반담(VAN DAMME)처럼 말이다.

나는 승선하자마자 삼등항해사에게 선원 명부를 달라고 해서 선원들의 이름을 외우는 편이다. 이항사, 삼항사, 갑판장이라고 부르는 것보다 이름으로 부르면 효과가 더 크다는 걸 알기 때문이다. 나의 경우에도 선장님이 "일항사"라고 부르지 않고 이름을 부르며 일을 시킬 때 더 잘해야겠다는 생각이 들곤 했다. 공적인 업무이지만 친근감이 바탕이 되다 보니 신뢰를 깨고 싶지 않은 생각이 절로 들었다. 아마 일이 잘못되면 일항사는 물론 김승주로서 실망감을 안겨줄 수도 있다는 생각에 무의식적으로 조금 더 신경을 쓰게 되는 것 같다.

이름을 외우고 부르는 것은 사실 별것 아닌 행동처럼

보인다. 그러나 듣는 이에게는 상대와 어떤 관계가 형성되는 느낌을 준다. 이름을 부르는 건 사적이지만 이런 사적인 감정이 공적인 업무를 넘나들며 자발적으로 행하게 하는 원동력이 된다니, 놀랍지 않은가? 이름 불러주기는 큰 노력과 비용이 들지 않지만, 효과가 아주 크다.

매니저님, 책임님, 주무관님, 대리님 대신 가끔 이름을 불러보자. 어쩌면 생각지도 못한 일이 생길 수도 있다. 김춘수 시인도 이렇게 노래했다. "내가 그의 이름을 불러주기 전에 그는 다만 하나의 몸짓에 지나지 않았다."

긍정적인 에너지 발산하기
웃음

만나고 나면 기분이 좋아지는 친구가 있다. 친한 친구라서, 잘 맞기 때문이라고 생각했지만, 사회생활을 하면서 비슷한 성향을 지닌 사람과 만날 때는 같은 느낌을 받을 수 없었다. 친구의 다른 점을 생각해보니, 잘 웃는다는 특징이 있었다. 상대가 웃으니 덩달아 웃게 되고 엔도르핀이 솟는다. 상대를 웃게 만든 사람이 나라는 생각에 기분이 좋다. 재미있는 사람이 된 기분이 들어 신나서 이야기하게 된다.

깔깔 웃어야만 하는 게 아니다. 잔잔한 미소도 행복 바이러스를 퍼뜨린다. 배를 타면 느끼는 기운 중 가장 힘든 것이 '삭막함'이다. 출항할 때의 힘차고 밝은 기운은 어느새 희미해지고 시간이 지날수록 배 안의 분위기는 가라앉는다. 늘 반복되는 업무, 매번 비슷한 상황으로 전개되는 일상, 언제나 똑같은 모습으로 눈앞에 펼쳐진 바다…. 이 같은 일상을 지내다 보면 선원들은 지루하고 지치게 마련이다. 그래서 나는 더욱더 밝게 웃고자 노력한다. 아침마다 선원들에게 웃으며 인사한다. 그러면 삭막했던 분위기가 조금 무마된다. 무표정이던 선원들이 옅은 웃음을 띤 채 마주 인사하면 나도 기분이 좋아진다. 업무에 관한 미팅을 하고 즐겁게 일하러 간다. 돈이 드는 것도 아닌데, 웃음의 효과는 하루를 기분 좋게 만든다.

웃음은 웃음을 부른다. 웃음이 많은 사람을 보면 그들은 뭐가 그렇게 웃을 일이 많은지 모르겠다. 하지만 이야기를 들어보면 그들의 관점에서 본 세상은 정말 재미있다. 지나가는 사람이 얼음을 떨어뜨린 이야기, 날아가던 새가 창문에 부딪힌 이야기, 커피를 쏟아 당황한 사람의 표정 등 일상에서 흔히 만날 수 있는 일들을 이야기하며 진심으로 웃는다.

많은 철학자, 작가, 교수가 웃음에 관한 명언을 남겼다.

그중에서도 셰익스피어의 말을 좋아한다.

그대의 마음을 웃음과 기쁨으로 감싸라. 그러면 1천의 해로움을 막아주고 생명을 연장해 줄 것이다.
윌리엄 셰익스피어

실제로 웃음짓기 시작하면 웃을 일이 많아진다. 잘 웃는 사람에겐 이야깃거리도 점점 늘어난다. 스탠퍼드 대학교를 포함한 유수의 학교와 연구시설에서도 웃음의 효과를 과학적으로 증명했다.

연구 결과는 차치하고, 웃을수록 즐거운 일도 더 자주 생기고 그러다 보면 활기찬 분위기가 형성된다. 웃음이 또 다른 웃음을 낳는 선순환이 이루어지는 것이다.

관계 개선뿐만 아니라 몸과 마음을 긍정적인 상태로 만들어주는 웃음은 마법의 치트키다.

착실하면서도
단호하게 행동하기

원활한 관계는 상대방의 의중을 읽고 대화를 잘한다고 해서 완성되는 것은 아니다. 배에서는 특히 행동이 없고 말로만 친한 관계는 오히려 독이 될 수 있다. 가끔 업무를 소홀히 한 채 나약함을 이용하여 문제를 해결하려는 여성들의 이야기를 들으면 눈살이 찌푸려진다. 배에서는 무엇보다 안전이 우선시되어야 한다. 업무를 기반으로 형성된 관계이기 때문에 관계의 목적 자체가 단순한 친함과 즐거움, 즉 친목 도모보다는 안전한 배 생활이 될 수 있도록 흘러가야 한다. 이때 구성원 간의 원만한 관계는 모두에게 시너지를 일으켜 즐겁게 일하고 효율적으로 성과를 낼 수 있게 해준다.

업무시간에 늦지 않고 자신이 맡은 일을 착실하게 하는 것만으로도 관계의 반은 성공한다. 운명공동체인 배 안에서는 더욱 그렇다. 이런 사람에게는 '그가 하는 일은 틀림없어, 언제든 안심하고 일을 맡길 수 있어' 하는 구성원 인증서가 붙는 셈이다. 그러니 호감을 불러일으킬 수밖에 없다. 이런 호감은 착실하게 맡은 바를 수행할 때 발휘되는 일종의 광휘(光輝)다.

내가 강조하고 싶은 또 하나의 덕목은 '단호함'이다. 단호해야 할 땐 단호해져야 한다. 성실한 사람들을 이용하려는 사람들은 어딜 가나 꼭 있다. 하지만 이 사람들에 의해 자신의 업무에 지장이 생기거나 피로도가 쌓이면 그 피해는 고스란히 나의 몫으로 돌아온다. 이럴 때는 단호하게 지적해야 한다. 나 한 사람이 피곤한 게 문제가 아니라 전 선원의 안전과 직결되기 때문이다.

누구나 경험했겠지만 실제로 이렇게 행동하려면 처음엔 주저하게 된다. '그냥 나 한 사람 힘들고 말지' 할 때도 있고, '말해봤자 서로 기분만 상할 텐데, 내가 참자' 하면서 넘어갈 수도 있다. 하지만 명심하자. 이런 식으로 불편함이 쌓이면 언젠가 반드시 폭발하게 된다. 둑이 터지고 물이 쏟아지면서 더 큰 일이 벌어진다.

단호하게 말하되 억압적이지 않고, 단호하게 행동하되 상대방을 인격적으로 대하는 데에도 훈련이 필요하다. 이런 태도가 익숙하지 않은 사람에겐 어쩌면 식은땀이 흐르는 순간일 수도 있다. 특히 남의 표정이나 기분을 민감하게 살피는 유형이라면 더욱 그럴 것이다. '괜히 이렇게 단호하게 말했다가 사이가 틀어지면 어쩌나' 하고 걱정할 수도 있다. 그러나 걱정할 필요 없다. 목적이 정확하고 공의를 위한 단호함은 결국 그 취지를 이해하여 인정받게 마련이다. 순간의 어색함을 피하고자 잘못을 묵인했다가 공공의 영역에서 실수가 벌어지면 오히려 더 크게 지탄받을 수 있다.

성실하게 일하면서도 단호할 땐 단호해지는 것. 모든 좋은 관계의 비결이다.

컨디션
체크하기

"지금 자신의 에너지는 얼마인가요?"

여러분은 이 질문에 대답할 수 있는가? 한 강의[15] 에서 처음으로 강사가 한 말이다. 나도 처음에는 이 질문에 답하기가 쉽지 않았다. 내가 가진 에너지라니, 에너지를 혈압이나 체온처럼 측정할 수 있다는 건가, 하면서 말이다.

사람들은 자신의 컨디션을 체크하는 데 익숙하지 않다. 나의 컨디션을 체크하는 게 실은 남의 의중을 살피는 것보다 중요한데 말이다. 우리는 외부에 의해 내 기분이 영향을 받는다고 생각하지만 사실 스스로의 기분을 선택하고 전환할 수 있는 건 자기 자신이다.

열심히 공부해서 간절히 바라고 바라던 시험에 합격했다고 가정해보자. 합격통지서를 받는 순간 뛸 듯이 기쁘다. 그때 누군가가 나에게 "바보야!"라고 한다면 기분이 어떤가? 갑자기 화가 치밀어 오를까? 아니다. 개의치 않는다. 오히려 "뭐래?" 하면서 받아넘길 것이다. 그러고는 '합격의 기쁨'을 공유할 것이다. 반대로 열심히 공부했지만, 간절히 바라던 시험에 떨어졌다고 생각해보자. 기분이 좋지 않다. 우울하다. 그 순간 누군가 "바보야!"라고 한다면 어떨까? 화가 난다. 혹은 '그래, 아무래도 나는 바보인가 봐'라고 자기도 모르게 수긍하며 더 우울해질 것이다.

그런데 생각해보자. 앞의 에피소드에서 보았듯 외부에서 들어오는 자극은 같았지만, 반응의 양상은 내 기분에 좌우되지 않았던가? 내 기분을 좌지우지하는 것은 외부의 자극이 나 자신의 선택에 달린 것이다.

컨디션을 체크하여 내 에너지가 얼마나 있는지 알고 나면 앞으로 닥칠 상황에 대비할 수 있다. 나는 컨디션 체크할 때 배터리 모양의 에너지 바를 생각한다. 열 칸으로 이루어진 배터리를 생각하고 지금 나의 에너지를 체크해보자. 기준은 주관적이기 때문에, 자기 생각에 따르면 된다. 아침에 에너지를 체크하고 일과를 마무리했을 때 에너지를 체크한다. 예를 들어 아침에는 에너지가 8이었는데 집에 들어가기 전에 체크해보니 2였다. 에너지가 많이 떨어진 상태이다. 이 상태로 집에 들어갔을 때 집이 어질러져 있거나 엄마에게 잔소리를 들으면 에너지가 0이 될 게 분명하다. 엉엉 울거나 소리를 지르며 폭발할 수도 있다.

이럴 때 어떻게 하면 좋을까? 가볍게 산책하거나, 멋진 카페에 가서 향기로운 차를 마시거나, 코인노래방에 들러 좋아하는 노래를 한 곡 뽑고 들어가면 어떨까? 에너지는 금방 2에서 4로 오를 것이다.

자, 그런데 집에 들어오니, 방 안이 엉망진창이다. 저걸 다 언제 치우나, 하면서 한숨이 나온다. 기껏 충전한 에너지가 4에서 3으로 다시 내려간다. 설상가상으로 들려오는 엄마의 잔소리로 이제 에너지는 3에서 2로 바닥을 친다. 하지만 아직은 나를 지탱할 여력이 있다. 덕분에 감정을 폭발시키지 않고 엄마에게 모진 말을 하며 서로가 상처를 주고받는 최악의 상태는 벗어날 수 있었다.

에너지를 체크하는 습관을 들이면 나 자신의 상태를 있는 그대로 받아들이고 외부 요소에 휘둘리지 않게 된다. 나에게 남아 있는 최소한의 힘이 어느 정도인지 파악하기도 쉬워진다. 그리고 에너지가 낮아졌을 때 회복하는 여러 활동을 고안해보게 된다. 이런 연습을 꾸준히 하면 순간적인 감정 폭발로 벌어지는 대참사, 즉 관계가 파탄에 이르는 재앙을 막을 수 있다.

나는 이 방법을 배를 탈 때 활용해보았다. 우선 에너지를 체크할 수 있도록 배터리 모양의 표를 만들었다. 각 배터리는 10개의 칸으로 나누어져 있는데, 여기에 자신이 느끼는 에너지의 정도에 따라 칸을 칠하면 된다. 그리고 배터리 위에 동그라미를 그려 자신의 기분을 그려 넣게 했다. 이렇게 하니 한눈에 선원들의 에너지 상태와 기분을 알 수 있어 제법 도움이 되었다. 나는 이것을 주로 아침 회의 시작 전에 사용했다. 보통 8~10이 많았지만, 컨디션이 별로이거나 몸이 안 좋은 선원들은 5 이하에 표시하기도 했다. 그런 선원에게는 별도의 조처를 해주었다. 에너지 체크는 리더인 나에게도 도움이 되었지만 선원들 간에도 좋은 영향을 주었다. 에너지가 낮은 선원이 있으면 서로 신경을 써주게 된 것이다. 여러분도 가정에서든 직장에서든 서로의 에너지를 체크하고 그 결과를 바탕으로 서로 배려하는 일상을 꾸려보았으면 좋겠다. 배려는 늘 작고 사소한 데에서 꽃을 피우는 법이다.

2022	7/22	7/23	7/24	7/25	7/26	7/27	7/28
KIM							
EDWIN							
EJ							
JHAROME							
AL							
MELVIN							
MICHAEL							
JADE							

모든 사람에게는 배울 점이 있다.

사람은 변하지 않는다.

다른 사람 비난하지 않기

이름 부르기

긍정적인 에너지 발산: 웃음

착실하면서도 단호하게 행동하기

컨디션 체크하기

이오원칙 기억하기

4장

담력

담장을 넘는 힘

담력(膽力)의 사전적 정의는 '겁이 없고 용감한 기운'이다. 나는 담력을 인생에서 발휘하는 담력과 각자 삶의 현장에서 발휘하는 담력으로 나누어 생각하고 싶다.

인생에서의 담력은 담장을 뛰어넘는 힘과 같다. 담장은 곧 장애물이라고 바꿔 말할 수도 있는데, 여기엔 물리적인 것도 있을 수 있고 정신적인 것도 있을 수 있다. 그런데 실체가 없다고 해서 만만한 것은 아니다. 보거나 만질 수 없어도 우리 삶이 앞으로 나아가는 것을 가로막는 장애물은 얼마든지 있다. 그 크기를 가늠하지 못하는 것도 부지기수다.

나의 눈앞을 가로막고 있는 담장은 무엇일까?

담장 앞에서 선 사람은 그 뒤에 어떤 세계가 펼쳐져 있는지 알 수 없다. 우물 안의 개구리가 하늘만 볼 수 있는 것처럼 말이다. 분명한 것은 우물 밖과 담장 너머는 지금 있는 세상과 완전히 다르다는 사실이다.

나는 내 앞을 가로막은 유형, 무형의 담장을 볼 때마다 그 너머에 어떠한 세상이 펼쳐질지 몹시 궁금해진다. 담장을 넘어 새로운 세상에 발을 디딜 생각을 하면 설렌다. 하지만 무조건 설레는 마음만 안고 담장을 넘을 수는 없다. 그러기엔 담장이 너무 높고 단단하다. 걸려 넘어지지 않을까, 지레 겁을 먹고 돌아서게 되지는 않을까 두려운 마음도 든다.

담력은 이처럼 우리에게 두려움과 설렘을 모두 안겨준다. 이것이 바로 담장의 매력이기도 하다.

담력 = 두려움 + 설렘

두려움과 설렘이 담장의 매력이라니 무슨 소리야, 하며 고개를 저을 분도 있을 것이다. 그런 분들에겐 담장이란 단어를 '도전'이란 단어로 치환해보길 권한다. 어떤가, 이제 그 의미를 이해하셨을 것이다.

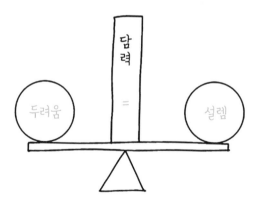

우리 눈앞의 담장은 두려움과 설렘 중 어느 한쪽이 더 큰 몫을 차지하지 않는다. 거의 같은 크기로 놓여 있다. 시소의 양 끝에 같은 무게를 올려놓으면 균형을 유지하듯 설렘과 두려움은 대개 50 대 50으로 균형을 이루고 있다.

두려움을 A, 설렘을 B라고 하자. 인생은 끊임없이 선택하는 과정이고, 나는 스스로 결정할 수 있는 존재이다. 나라는 존재 역시 과거에 스스로 선택해온 모든 결과물의 총합이다. 그러니 앞으로의 미래도 내 선택에 따라 달라질 것이다.

만약 여러분이 지금보다 더 나은 미래를 꿈꾼다면 무엇을 선택해야 할까? A(두려움)와 B(설렘) 중 B를 선택해야 바뀔 수 있을 것이다. 그래야 담장을 뛰어넘고 새로운 세계를 맞이할 수 있다. 반대로 이대로 괜찮다고 생각하면 A를 택할 것이다. 그런데 흥미로운 사실이 있다. 두려움을 선택하는 데 익숙해진 사람은 언제나 자기 합리화를 하게 된다는 점이다. 담장을 넘지 말아야 할 이유, 담장을 넘지 못하는 이유를 수없이 만들기 때문이다.

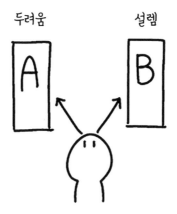

물론 우리는 종종 두 가지 선택지 앞에서 망설이곤 한다. 로버트 프로스트의 시에서처럼 '가지 않은 길'에 대한 막연한 그리움도 가져본다. 혹은 선택할 수 있었는데 '안 한 것'처럼 스스로를 정당화한다. 이 모두가 어쨌거나 선택은 어렵기 때문이다. 이때 도움이 되는 것이 '메타인지'다.

'메타'는 나라는 존재를 외부에서 바라보는 시선으로 지금 내가 맞닥뜨리고 있는 상황을 외부에서 들여다보게 해준다. A와 B 사이에서 고민하는 나 자신과 잠시 떨어져서 나를 지켜본다고 생각해보자. 다음 대화를 눈여겨보라.

메타인지: 어떤 결정을 하고 싶은데? 결정해봐. 네가 선택한 결정에 따라서 미래가 결정되는 거야. 어떤 미래를 살고 싶은데?

나: 더 나은 미래.

메타인지: 그러면 설렘을 선택해.

나: 근데 두렵단 말이야.

메타인지: 무엇이 두려운데?

나: 실패할까 봐 두려워. 한 번도 해본 적이 없단 말이야.

메타인지: 맞아 실패할 수도 있겠지. 네가 생각하는 최악의 실패 상황이 뭔데?

나: 시간 낭비, 비용 낭비, 그리고 실패자로 간주하는 시선. 자신감도 떨어질 것 같아.

메타인지: 그래. 네가 생각하는 여러 가지 문제들이 생길 수도 있어. 하지만 반드시 그렇게 될 거라는 보장이 있어?

나: 아니… 그건 아니지.

메타인지: 넌 더 나은 미래를 살고 싶다고 했잖아. 하지만 두려움을 선택하는 순간 최고로 잘 되는 것이 현재에 머무르는 거야. 설렘을 선택하면 실패할 수는 있

지만 네가 바라는 더 나은 미래로 한 걸음 나아갈 수 있지.

나: …….

메타인지: 선택은 네가 하는 거야. 강요가 아니니 잘 생각해 봐.

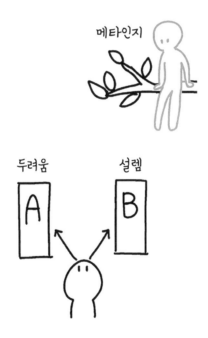

기억하라. 설렘을 선택하는 순간, 시소의 무게 중심이 바뀐다.

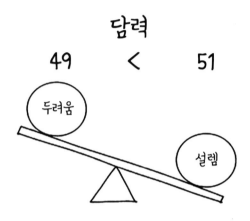

나의 경우 설렘이 100퍼센트여서 담장을 넘기로 마음먹었던 것은 아니다. 설레는 마음이 두려움보다 조금 더 컸을 뿐이다. 시소에 걸린 양쪽 무게가 비슷할 경우 어느 한쪽에 발을 걸치기만 해도 휙 기울어버리는 것과 같은 이치다. 우리는 모두 약한 존재다. 따라서 도전하는 동안 두려운 마음을 지니는 것은 당연하다. 때로 두려움이 설렘을 먹어 치워 불안해진다. 그러다 보면 처음의 다짐과 달리 기세가 꺾일 수도 있다.

남아 있는 49의 두려움에 휩쓸리지 않으려면 내가 왜 담장을 넘으려고 하는지 1장에서 언급했던 것처럼 자신의 목적, 뿌리를 계속 확인하면서 나아가야 한다. 그렇지 않으면 넘어지게 되고 피하게 된다.

일단 용기를 내자. 일단 한번 눈 딱 감고 발을 내디뎌 보자. 그러면 여러분에게 놀라운 선물이 그 모습을 드러낼 것이다. 담장을 넘는 경험이 늘어날수록 더 높은 담장을 넘을 수 있다. 만일 여러분이 이번에 2미터 높

이의 담장을 넘었다고 치자. 그다음에 같은 높이의 담장을 마주하면 그때는 어떤 생각을 하게 될까? '2미터? 이 정도는 전에도 넘어봤지' 하면서 가뿐히 앞으로 나갈 것이다, 여러분은 이미 성공이라는 경험을 체득했기 때문이다. 이제 2미터 10센티를 넘을 힘이 생긴다. 이런 식으로 담장의 높이를 계속 높이다 보면 미래에 대한 확신이 생긴다. 도전하는 순간을 설렘으로 맞을 수 있게 된다.

실패 = 놀라운 선물 = 더 나은 미래?

비밀을 하나 말해주려고 한다. 담장을 넘기 위해 자리에서 발을 떼는 순간, 더 나은 미래는 이미 보장되어 있다. 성패와는 무관하다. 성공하면 성공이지만, 실패해도 더 나은 미래가 오는 것이라면, 왜 그럴까? 실패는 실패가 아니기 때문이다.

실패 ≠ 실패

담장을 넘기 전, 우리에게는 선택지가 있었다. 어떻게 넘을지, 어떤 전략으로 맞닥뜨릴지. 자세, 속도, 힘

등 영향을 미치는 요소들을 고려했을 것이다. 지금 맞이한 결과는 그중 하나를 택해서 시도한 결과일 뿐이다. 즉, 실패는 내가 생각한 선택지 중 하나가 나에게 맞지 않는 방식이라는 사실을 알려준다. 다음에는 같은 선택지를 선택하지 않으면 된다. 오지선다형 문제에서 정답에 가깝지 않은 선택지 하나가 소거된 셈이다. 이제 정답을 맞힐 확률이 높아졌다. 다음 시도, 그다음 시도 그리고 다음 시도를 통해 성공에 가까워진다. 실패는 더는 실패가 아님을 '실패'를 통해 알 수 있다.

선택지가 하나밖에 없는 경우라면 어떨까? 실제 이런 경우는 드물다. 담장 넘기를 예로 들어도 자세, 속도, 힘 면에서 수많은 경우의 수가 있다. 전략이 하나밖에 없는데 실패했다면 더는 방법이 없다며 포기하기에도 쉬울지 모른다. 하지만 이때 명심해야 할 것이 있다. '방법은 있다'는 것이다. 세상 어딘가에 방법은 존재한다. 다만 지금 나의 머릿속에 없을 뿐이다. 나에게 현명한 방법이 없다면 나를 벗어난 외부에서 찾아야 한다. 그 방법은 사람이 될 수도 있고, 책이 될 수도 있으며, 동영상이 될 수도 있고, 인터넷이 될 수도 있고, 자연에서 올 수도 있다. 혹은 담장을 이미 넘어간 사람에게서 얻을 수도 있다.

외부에서 터득한 방법을 시도하면서 실패한 선택지를 소거하다 보면 결국 해내게 된다. 한 번 해내면 자신감이 붙는다. 특히 실패를 거듭한 후에 해냈을 때의 기쁨은 이루 말할 수 없다. 상처의 크기와 비례하여 자신감의 크기는 커진다. 실패했던 모든 경우의 수가 경험의 축적이 되어 자신감으로 발휘된다. 이는 스스로 신뢰감을 주고, 더 높은 담장을 넘게 하는 힘이 된다.

실패는 자신감이라는 놀라운 선물을 주고 더 나은 미래에 다가서게 한다.

현재 맞닥뜨린 담장은 무엇인가요?

_____

_____

_____

_____

더 나은 미래를 위해 담장을 넘으려면 무엇을 해야 하나요?

_____

_____

_____

_____

내가 생각하는 실패 상황 중 최악은 무엇인가요?

_____

_____

_____

_____

_____

당신이 생각하는 최악의 실패 상황은 일어나지 않을 거예요. 당신은

최악의 상황을 대비해 준비할 테니까요. 그런데도 실패했다고 가정

했을 때, 실패로부터 얻을 수 있는 교훈은 무엇일까요?

담장 넘기에 성공한다면, 지금보다 나은 미래 속 나의 모습은 어떨

까요?

담장 넘기에 성공했다고 가정하고 다음으로 더 높은 담장에 도전해봅

시다. 더 높은 담장은 무엇인가요?

배를 처음 만난 순간

내가 배를 타기로 결심한 것도 담장을 넘는 도전이었다. 전혀 알지 못하는 새로운 세계에 발을 디디는 것은 설레기도 했지만 두려움도 컸다. 처음 배를 마주했던 순간을 나는 아직도 잊을 수 없다.

선장님을 선두로 실습 실기사, 나, 부원 셋 이렇게 총 여섯 명이 작은 엔진을 단 낡은 보트에 올랐다. 일행을 태운 보트는 물가를 떠나 순식간에 속도를 내기 시작했다. 처음에는 기분 좋은 파도였지만 시간이 지나자 속이 울렁거리기 시작했다. 가까스로 버티고 있던 그때 옆에서 누군가 소리쳤다.

"There!"

그의 손끝을 따라 시선을 옮기자, 낮게 깔린 안개 뒤로 거대한 무언가가 산처럼 버티고 있었다. 가까이 접근하면서 시야가 걷히기 시작했고, 눈앞에는 상상을 초월하는 크기의 배가 나타났다. 배라기보다 섬에 가까웠다. 물 아래에서 올려다본 그 압도적인 거대함이란. 마치 하늘까지 닿아 있는 탑의 시작점에 서 있는 기분이 들었다. 작은 파도에는 미동도 하지 않는 배였다.

배의 존재감을 전달하는 요소는 크기만이 아니었다. 이 안에는 수많은 화물이 선적되어 있다. 화물은 누군가의 기대이자, 꿈이다. 또한, 많은 사람이 타고 있다. 누군가의 꿈과 생명이 오롯이 이 공간에 머물고 있다고 생각하자, 두려움이 몰려왔다. 과연 내가 해낼 수 있을까. 다물어지지 않는 입 사이로 허탈한 웃음이 새어 나왔다.

도망칠 수 없었다. 한국에서부터 열두 시간 비행한 뒤였고, 눈앞에는 나를 기다리는 배가 꼿꼿이 정박해 있었다. 도망칠 수 없었기에 맹렬한 기세로 뛰어올랐다. 배 위에 오르자 그곳에서 내려다보는 바다는 또 다른 그림이었다. '끝내준다'는 바로 이럴 때 쓰는 표현이었다. 낯선 곳에서의 하룻밤, 낡은 배 위에서의 울렁거림, 모든 것을 그만두고 싶었을 때 모습을 드러낸 배는 두려움인 동시에 물러설 수 없는 운명으로 다가왔다. 바로 그것이 눈앞에 있었고 난 그 배에 승선해야만 했다.

단언컨대, 어떤 일에 도전할 때 두렵지 않다면 그건 도전이 아니다. 도전의 크기는 반드시 두려움의 크기이기도 하다. 따라서 도전하는 자는 두려워하는 자이고, 두려움은 의지만으로 극복하는 것이 아니다. 스스로 넘어서지 않으면 안 될 환경 속으로 자신을 던질 때 극복할 수 있는 것이다. 배의 거대함과 직면했을 때 나라고 도망치고 싶은 생각이 들지 않았을까. 도망치지 않은 것이 아니라, 도망칠 길이 없었기에 오히려 더 힘을 내 배에 오를 수 있었다.[16]

용기를 내 담장을 향해 도약했지만 수많은 실패가 있었다. 실패에 좌절하고 무너지고 한계에 도달하면서 아무도 모르는 눈물을 삼켰다. 하지만 포기하지 않았다.

책을 찾아보고, 선배들에게 물어보면서 어떻게든 새로운 세계에 닿기 위해 노력했다.

실패가 실패가 아닌 이유는 여기에 있다. 바로 '나 자신'이다. 실패가 축적되었기에 이렇게 책에 나의 경험을 담을 수 있다. 담장 넘기에 실패했다면 일어나지 않았을 일이다.

용기를 내 담장을 향해 뛰어보자. 결과가 어떻게 되든 당신은 당신이 바라는 더 나은 미래에 한층 다가설 것이 분명하다.

죽지 않았다면 실패는 없다. 살아있다면 실패는 없다. 실패는 내가 정의하는 것이다. 지금 당장 실패했다고 해서 10년 후에도 실패할 거라고 보장할 수 있는가. 죽지 직전까지 그 일을 하지 않을 거라고 단정 지을 수 있는가.

나는 몸치다. 춤을 추라고 하면 몸과 마음이 따로 놀아 로봇처럼 삐걱댄다. 한때 춤을 잘 추고 싶은 마음에 학원을 다닌 적도 있지만 몸치 탈출은 실패했다. 나와는 맞지 않는 일이라는 걸 알았다. 하지만 모를 일이다.

20년 후에 멋지게 왈츠를 추고 있을지도 모른다. 실패는 성공을 덮을 수 없지만, 성공은 실패를 덮을 수 있다. 한번 성공하면 그동안의 실패는 성공을 위한 숱한 경험이 될 뿐이다. 실패인지 아닌지를 정하는 것은 지금의 나이다.

겁이 없고
용감한 기운

담력을 담장을 넘는 힘이라고 정의했지만 실제로 담력에 쓰이는 '담'은 쓸개 담(膽)이다. 쓸개는 간장에서 분비되는 쓸개즙을 일시적으로 저장하고 농축하는 주머니로 음식물이 들어오면 쓸개즙을 분비해 소화를 돕는다. 흔히 줏대 없는 사람을 표현하거나 박쥐처럼 여기 붙었다 저기 붙었다 하는 사람을 이를 때 '간도 없고 쓸개도 없는'이란 관용어를 쓴다. 마찬가지로 '쓸개 빠진'이란 말은 '하는 짓이 사리에 맞지 아니하고 줏대가 없다'는 의미를 지닌다. 반면 '간이 크다'는 말은 겁이 없고 매우 대담하다는 뜻으로 쓰이거나 강력한 추진력을 의미하기도 한다.

나는 줏대가 없는 사람이었다. 스스로 결정을 잘 못하는 사람이라고 말하면서 다른 사람들의 선택을 따르곤 했다. 내 입장에서는 다른 사람의 선택을 따르는 게 훨씬 편했다. 갈등을 만들지 않아서 더 좋았다. 하지만 일등항해사가 되고 나니, 어쨌든 내가 선택하고 결정해야 했다. 화물을 어느 위치에 두어야 할지 결정해야 했고, 비가 갑자기 쏟아지기라도 하면 작업을 계속할지 말아야 할지 선택해야 했다. 선원들이 무리해서 작업한 날이면 하루 쉬는 날을 줘도 괜찮을지 고민했다. 교육훈련은 언제 할지, 이등항해사가 청구한 청구서를 이대로 승인해도 될지, 인사고과를 어떻게 주어야 할지 등등 나의 결정에 따라 인력이 좌지우지되었기에 선택의 순간은 늘 엄중했다. 선택에는 당연히 책임이 따른다. 그러니 책임자라면 으레 결과를 그려보면서, 즉 수많은 경우의 수를 대입하여 결과를 시뮬레이션하여 결정을 내려야 한다. 그만큼 배에서의 선택과 결정은 중요하다. 일등항해사가 우유부단하고 줏대가 없으면 배가 위험에 빠질 수 있기 때문이다.

특히 사고가 났을 때 일등항해사는 빠르고 정확하게 상황을 판단하여 방향을 선택하고, 결정해야 한다. 그런데 경험하지 못한 사고가 발생하면 아무리 일등항해사라 하더라도 우왕좌왕할 수밖에 없다. 누구나 당황하게 마련이다. 나도 마찬가지였다. 하지만 그 순간 두려움이 지배하지 않도록 침착하고 유연하게 대처해야 선원들이 명령을 따르고 큰 피해를 막을 수 있다.

현장에서의 담력은 항해사가 갖추어야 할 필수 요소이다.

현장에서의 담력

350미터, 폭 45미터의 배는 운동장 4개를 합친 크기와 같다. 내가 탄 배는 11만 톤의 무게를 자랑하며 싱가포르 출항을 앞두고 있었다. 선원들은 선수와 선미에서 부두에 걸어놓은 줄을 걷어내는 작업을 하고 있었다. 줄의 굵기는 1.5리터 페트병 두께만 하다. 길이는 200미터인데, 윈치(winch)[17] 라는 기기에 감겨 있다. 선원들은 이 윈치를 조절하여 줄을 풀어주거나 감아준다. 그날도 다들 선장님의 명령에 따라 선수와 선미에서 부두에 묶여 있는 줄을 하나둘씩 거두고 있었다. 그런데 갑자기 트랜시버로 선미를 지휘하던 이등항해사의 다급한 목소리가 들렸다.

"윈치 하나가 작동하지 않습니다."

윈치가 작동하지 않으면 부두에 묶여있는 줄 하나를 걸어 들이지 못한다. 11만 톤에 달하는 육중한 배는 예인선의 도움으로 부두와 점점 멀어져가고 있었다. 관성에 의해 줄에 걸린 장력은 점점 강해졌다. 비상 상황에 대비하여 줄을 끊을 수 있는 칼과 도끼가 있지만, 장력이 강한 상태에서 줄을 잘라내는 건 위험한 행위이다. 일단 장력을 줄이는 게 우선이었다. 트랜시버로 상황을 들은 기관부는 윈치 상태를 확인하러 출동했고 갑판부는 선장님의 명령을 기다렸다. 긴장한 나와 다르게 선장님은 천천히 말씀하셨다. 배를 뒤로 움직여 장력을 줄일 테니, 선수에서 스프링 라인을 당기라는 것이었다. 나는 선장님의 명령에 맞추어 조금씩 줄을 당겼고 배는 뒤로 조금씩 이동했다. 줄에 걸려 있는 장력이 줄어들어 느슨해졌고 선원들은 손으로 줄을 거두어 들일 수 있었다. 지금 생각해도 아찔한 순간이었다.

또 다른 사고도 있었다. 선박이 이동하려면 무엇보다 먼저 연료를 채워야 한다. 그 당시 연료 수급 선박은 우리 배에 나란히 붙어 파이프를 통해 연료를 채우고 있었다. 모든 수급이 완료되고 수급 선박이 배를 돌려 나가던 중에 우리 배의 뒷부분과 충돌하고 말았다. 우리 배의 꽁지에 15cm 크기의 구멍이 났다. 선원들이 연료 수급 선박을 불렀지만 모른 체하고 떠나고 있었다.

연락을 받은 나는 충돌 부위를 확인하고 선장님께 상황을 전달했다. 선장님은 당장 연료 수급 선박을 호출하라고 하셨고 회사에 알렸다. 연료 수급 선박에서도 돌아오겠다고 회신을 주었다. 이 상황을 어떻게 처리해야 할지 몰랐던 나는 일단 회사 절차서를 펼쳤다. 체크리스트를 펴 보니, 가장 먼저 내가 해야 할 일은 손상범위를 측정하는 것이었다. 나는 계측 장비를 들고 구멍이 난 곳 내부로 향했다. 사진을 찍고 범위를 계측하고 자료를 만들었다. 선장님은 사고 상황을 적은 보고서를 바로 만들어 사고를 낸 배의 선장이 서명할 수 있도록 준비했다. 선미에 구멍이 난 채로 출항할 수는 없으니 조기장과 갑판장을 시켜 임시로 구멍을 막았다. 상대 선박의 선장이 우리 선박으로 올라왔고, 대리점도 승선했다. 상대 선박 선장님은 겁에 질린 표정이었다. 우리 선장님은 회사의 보험 이야기를 꺼내며 상대 선박 선장님을 안심시키고 앞으로 어떻게 일이 처리될 것인지 설명하셨다. 이로써 사고는 순조롭게 일단락되었다.

두 사고 모두 선장님의 침착하고 유연한 대처로 순조롭게 해결되었다. 상급자가 우유부단하거나 너무 당황하여 패닉 상태에 빠졌다면 결과는 어떻게 되었을까? 겁먹지 않고 일을 해결하려는 담력이 얼마나 중요한지 다시 한 번 깨닫게 된 사건이었다.

담력 키우기,
낯선 시도

우유부단한 나에게 배에서 겪은 일들은 많은 생각거리를 던져주었다. 내가 과연 선장님이었다면 그런 결정을 내릴 수 있었을까? 담력은 하던 일을 계속함으로써 생기는 게 아니다. 낯선 시도를 하면서, 새로운 세계를 접하며, 용기를 내어 담장을 넘을 때 생긴다. 용기도 마찬가지다. 어느 날 갑자기 용감해지는 일은 절대 벌어지지 않는다. 용기도 담력과 마찬가지로 계속 시도할 때 자란다. 만약 여러분이 언젠가 눈앞에 닥칠 담장을 의연하게 넘고 싶다면, 그날에 대비하고 싶다면, 일상에서 만나는 발목 높이의 작은 담장부터 넘어보면 된

다. 시시하다고 치부하지 말고 그것이 '담장'임을 인지
하고 넘어서는 연습을 하라는 뜻이다. 그러면 여러분에
게는 센티미터 단위의 담장을 수없이 넘어선 성공 경험
이 쌓일 것이고, 이를 바탕으로 어느 날 자신의 키보다
높은 담장을 만나도 두려움에 떨지 않게 될 것이다. 물
론 담장이 낮거나 담장이 필요하지 않은 일에 도전해보
는 것도 좋다. 내 인생에서 주요한 길은 아니지만 새로
운 세계를 접할 수 있는 일에서 시작하여 담장의 높이
를 올리는 것 역시 좋은 방법이다.

나에겐 바디 프로필 촬영과 한라산 등반이 그런 시도 중 하나였다. 시작하기 전에는 '내가 해낼 수 있을까?' '너무 힘들지 않을까?' 하고 많이 걱정했지만, 일단 마음먹고 발을 들이자 길이 보였다. 몸은 노력하는 만큼 변했다. 마지막 촬영을 끝내고 나자 할 수 있다는 자신감이 솟아났다. 한라산 등반도 그랬다. 우리나라에서 가장 높은 산인 한라산은 높이가 1,950미터에 이른다. 산을 오르는 것만으로도 힘든데 눈이 쌓인 길은 더 벅찼다. 몇 번을 넘어질 뻔하니 온몸의 근육이 긴장되고 등반 도중 포기하고 싶은 마음이 밀려왔다. 하지만 '조금만 더, 조금만 더' 하면서 끝까지 올랐다. 그러다 보니 마침내 정상에 다다랐다. 눈앞에서 믿을 수 없도록 멋진 산 위의 호수 백록담도 보았다. 나를 이겨낸 끝에 크나큰 선물을 받은 셈이다. 책 쓰기도 마찬가지였다. 첫 번째 책을 쓰는 동안 나 자신과 마주하며 얼마나 많은 순간을 고민했는지 모른다. 커서만 깜빡이는 하얀 백지에 내 생각과 이야기를 옮기는 데엔 또 얼마나 큰 용기와 에너지가 필요했던가. 그만두고 싶은 순간도 많았다. 하지만 우여곡절 끝에 책이 출간되고, 독자들로부터 "위로받았다" "힘이 되었다""는 소감을 전해 들었을 때 나는 정말 행복했다.

바디 프로필 촬영, 한라산 등반, 책 쓰기…. 이 모두 내가 가고 있는 주된 길은 아니다. 하지만 나는 다양한 경로를 통해 낯선 것을 마주할 때 발생하는 두려움을 어느 정도 누그러뜨릴 수 있었다. 거기서 얻은 성취는 어떤 상황이 닥치더라도 이겨낼 수 있는 자신감을 내게 안겨주었고, 눈앞의 담장이 자꾸 높아지더라도 두려움을 줄여갈 수 있는 용기를 선물해주었다.

담장의 높이가 낮으면서 새롭게 시도해보고 싶은 것이 있다면 무엇인 지 적어보세요. 여러 가지를 적어보고 시도해보아요. 버킷리스트가 있 다면 도움이 될 거예요.

최악의 상황
상상하기

현장의 담력을 키우는 가장 좋은 방법은 내가 맞닥뜨릴 수 있는 최악의 시나리오를 상상하는 것이다.

키움 히어로즈의 이정후 선수는 연습할 때부터 9회 말 2아웃, 한 점 차 승부, 내가 치면 역전, 못 치면 아웃이 되는 상황을 머릿속에 그리고 스윙 연습을 했다고 한다. 경기 당일에는 한 번도 떤 적이 없으며, 실제로 앞서 언급한 상황이 오면 긴장되기보다 오히려 흥분되고 자신이 타자로 나갔으면 좋겠다고 말했다.

나 역시 배를 타면서 최악의 상황을 상상하는 버릇이 생겼다. 사실 주변이 바다로 둘러싸인 망망대해에 떠있노라면 왠지 모를 불안감이 스멀스멀 피어오르게 마련이다. 그럴 때 머릿속은 온갖 위험한 상상으로 가득 찬다. 선박이 충돌했을 경우, 좌초되었을 경우, 해적이 올라왔을 경우, 화재가 발생했을 경우, 선원이 물에 빠졌을 경우, 인명 사고가 발생했을 경우, 기름이 유출되었을 경우, 배가 가라앉는 경우, 배의 모든 전력이 멈추었을 경우. 상상의 스펙트럼은 너무도 넓었다. 나는 지금도 배에 오르면 최악의 상황을 상상하면서 그럴 경우 어떻게 하는 것이 최선일지 머릿속으로 시뮬레이션을 해 본다. 이때 나의 상상 속에서 가장 먼저 하는 일은 당황하지 않고 침착하게 상황을 파악한 후 선장님과 선원들에게 알리는 것이다.

다행스럽게도 내가 상상한 최악의 상황이 실제로 발생한 적은 없었다. 가상의 연습을 충분히 거쳤으니 혹시 그런 상황이 발생했다 해도 호들갑을 떨면서 회로가 정지되는 상황은 면할 수 있을 터다. 어떤 경우에든 상급자는 중심을 잡고 있어야 한다. 사건사고를 객관적으로 정확하게 파악하고 매뉴얼에 따라 대처해야 한다. 그러지 않으면 작은 실수 하나가 큰 피해로 번질 수도 있다.

모든 일이 마찬가지이다. 여러분은 지금 어떤 일을 하고 있고, 어떤 상황에 처해 있는가? 우선 여러분에게 닥칠 수 있는 최악의 상황을 그려보라. 머릿속에 현실감 있게 구현해보고 그 상황에 맞서 내가 할 수 있는 일을 몇 가지 준비하라. 그런 연습을 충분히 하면 막상 상상했던 일이 닥친다 해도 최악의 상황은 피할 수 있다. 담력을 키우는 데에 거창한 방법만 있는 것은 아니다. 낯선 상황을 많이 상상해보고, 작은 장애물이라도 넘어서는 시도를 해보면서 담력을 키워갈 수 있다. 그러는 동안 여러분이 인지하는 장벽의 높이는 저절로 낮아질 것이다. 이때 여러분이 상상하는 상황이 구체적이고 사실적일수록 담력을 키우는 데에 도움이 된다.

여러분의 삶에서 걱정되는 최악의 상황은 무엇인가요? 구체적으로 시나리오를 적어보세요.

_____

_____

_____

_____

_____

_____

최악의 상황이 온다면 나의 감정은 어떨까요?

_____

_____

_____

_____

_____

_____

_____

최악의 상황에서 안전해지려면, 혹은 그 일을 무사히 해결하려면 어떤 상태로, 어떤 감정을 유지하는 게 좋을까요?

최악의 상황에서 내가 해야 할 일은 무엇인가요? 해야 할 일을 시간 순으로 나열해 보고 가장 첫 번째로 해야 할 일을 기억해두세요.

두려움은
없어지지 않는다

낯선 시도를 많이 하여 담장을 계속 넘었다 하더라도 두려움이 완전히 사라지는 것은 아니다. 담장을 앞에 두고 설렘과 두려움은 항상 공존한다. 새로운 세계이고 해본 적이 없으니까 당연한 일이다. 어떤 위험이 있고 어떤 실패가 닥칠지 모르지 않는가? 두려움과 설렘 중 설렘에 한 발짝 가까이 디딜 수 있는 용기가 생긴 것뿐이다.

배 타는 것을 산에 비유해보자. 실습항해사는 산을 한 번 오른 등산객이다. 삼등항해사는 산을 다섯 번 정도 오른 등산객이다. 이등항해사는 열 번 이상 오른 등

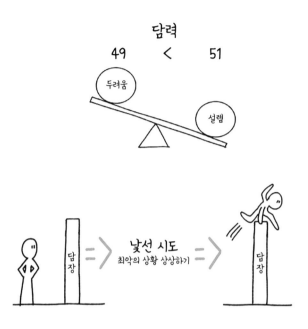

산객이다. 처음에는 힘들지만 두 번, 다섯 번, 열 번, 스무 번 넘으면 요령도 생기고 산 오르기에도 자신감이 붙는다. 그렇다면 일등항해사는 산을 백 번 정도 오른 등산객일까. 아니다.

일등항해사는 레인저다. 산을 보호하고, 유지하고, 관리하는 것은 물론 조난당한 사람을 구조하는 역할도

한다. 등산객은 사람들이 자주 가는 길로 가면 되지만 레인저는 등산로뿐만 아니라 길이 아닌 길도 오른다. 레인저들은 등산로는 물론 산이 어떻게 생겼는지도 머릿속에 꿰뚫고 있는 사람이다. 그래야만 응급상황이 생겼을 때 산의 구조와 지리를 활용해서 대처할 수 있다.

산을 그토록 잘 아는 레인저들도 산을 무서워한다. 자신보다 뛰어난 베테랑 레인저가 불상사를 당한 경우를 더러 보았기 때문이다. 좋아서 선택한 일이지만 그들에게도 산은 두려운 존재이다. 배를 타는 나도 마찬가지이다. 설레고 좋아서 선택한 일이지만 두려움은 항상 있다. 그러나 바로 그 두려움 덕분에 나는 오늘도 안전에 대해서 계속 생각하고, 현재에 안주하는 것을 경계하며, 더 나은 미래를 향해 나아가고 있는 것 아닐까?

5장

지구력

지구력
= 강한 의지?

　지구력은 일정한 작업을 장시간 계속할 수 있는 능력을 일컫는다. 누구나 이 정도는 알고 있다. 여러분과 지구력에 관한 이야기를 나누기에 앞서 고백할 점이 하나 있다. '오진다 오력'의 다섯 번째 능력인 '지구력' 편을 쓰면서 글을 한 번 갈아엎었다는 사실이다. 나는 지구력이라는 것이 강한 동기와 목적에서 나온다고 생각했다. 내가 글을 쓰는 이유, 배를 타는 이유 역시 나무의 뿌리에서 나왔다고 생각했다. 강한 의지가 있어야 그것이 행동으로 이어지고 다시 넘어지더라도 일어날 수 있다고 생각했다. 나는 하고자 하는 의지가 누구보다 강한 사람이라고 자부해왔다. 하지만 의지가 있다고 해서 매번 성공한 것은 아니었다.

'내가 하는 일은 대단해. 대한민국의 물동량 90퍼센트 이상을 차지하는 해운 무역의 역군이라는 자부심이 있어.'

'나는 선장이 될 거야. 좋은 엄마도 될 거야.'

'나는 다른 사람이 행복한 것을 보고 행복을 느껴. 나는 100억 자산가가 되어서 나만의 재단을 만들고 나누며 살고 싶어.'

이런 목적이 나를 움직이게 하는 원동력이 된 것은 사실이다. 하지만 강한 동기는 3일이면 고갈되었다. '그건 그거고, 힘든 건 힘든 거지' 하면서 말이다.

해내고자 하는 목표는 너무나 먼 곳에 있었다. 즉 이상과 현실은 너무 동떨어져 있었다. 그러다 보니 하루 쉰다고 해서 목표 달성에 엄청난 차이가 발생할 것 같지는 않았다. 그렇게 '하루쯤이야' 하는 마음이 드는 순간 원래의 나로 다시 돌아왔다. 어떤 때엔 하루, 어떤 때엔 한 달, 어떤 때엔 1년이 훌쩍 지나기도 했다. 겨우 마음을 추스르고 다시 돌아와서 보면 나 역시 그저 그런 하루를 보내고 만족해하는 기계가 되어 있었다. 강한 의지가 강한 지구력으로 이어지지는 않았다.

당신의 의지를
믿지 마라!

누군가 내게 의지로 밀어붙이려다 실패한 경험을 A4 용지에 적어보라고 한다면 컨테이너 하나를 가득 채울 정도로 많다. 항상 머릿속에 하고 싶은 것, 계획은 넘친다. '마음만 먹으면 할 수 있지!' 하고 호기롭게 시작했다가 삼 일 아니 하루면 끝나버리기가 부지기수다.

그중에서도 오랫동안 미루고 있는 것이 있다. 동영상 편집이다. '언젠가는 해야 하는데, 해야 하는데…' 하며 지금도 미루고 있다. 2019년, 친오빠와 함께 스페인과 포르투갈에 다녀왔다. 대항해시대의 역사와 유물을 탐방하기 위한 여행이었다. 리스본 해양 박물관, 항해왕이라고 불리는 엔히크 왕자의 동상, 엔히크 왕자의 서거 500주년을 기념해 세운 발견기념비, 인도로 가는 해양 항로를 발견한 바스쿠 다가마의 동상, 인류 최초로 세계 일주를 한 페르디난드 마젤란과 엘카노의 흔적, 유라시아 대륙의 최서단 호카곶, 대항해시대의 배와 바다의 전설이 모자이크된 카몽이스 광장, 세비야에 들어오는 배를 검문하기 위한 황금 탑, 콜럼버스의 묘가 안치된 세비야 대성당…. 영상과 책으로 접하며 동경했던 대항해시대 인물들의 자취와 건축물을 직접 보니 흥분을 감출 수 없었다. 브이로그를 찍어 영상으로 남길 계획이었다. 열흘을 여행하며 동영상과 사진을 열심히 찍었다. 그리고 돌아오는 비행기에서 잠도 자지 않고 9시간을 꼬박 편집한 끝에 1차 영상을 만들었다. 이 기세라면 집으로 돌아와 하루에 하나씩 편집하면 10일 안에 영상 편집을 마칠 수 있다. 빠르면 일주일 안에 끝내보자고 결심했다.

그런데 이게 웬걸. 집으로 돌아오니 노트북을 열기도 싫었다. 눈이 아프다는 핑계, 다른 할 일이 있어 바쁘다는 핑계로 미루고 미룬 것이 오늘날까지 왔다. 여행을 떠나기 전에 설정했던 거창한 목표는 지중해 어딘가에 떠다니고 있는 모양이다.

구체적인 목표나 방법 없이 의지만 믿으면 실패할 확률이 높다. 만일 내가 당시 가족이나 친구들에게 나의 목표를 공표하고, 벌칙이나 보상을 두었다면 지금쯤 내 채널에서 영상을 볼 수 있었을지도 모른다.

지난 연초, 어떤 새해 결심을 했는지 떠올려보자.

'올해는 영어 공부 꼭 해야지' '올해는 다이어트 성공할 거야!' '올해는 운동 열심히 해야지' … 대한민국 사람이라면 흔히 결심하는 것들이다.

방 책꽂이에 앞부분만 조금 끄적거리다 만 영어책들이 있지는 않은지, 운동할 때 꼭 필요하다며 사놓은 운동복이 서랍 한구석에 있지는 않은가? 내 방에도 뒤쪽은 새것처럼 빳빳한 영어책이 가득하다. 1월 1일, 새해의 힘찬 기운을 받고 시작한 일들은 보름을 가지 못했다. '지금 마땅히 쓸 곳도 없는데 굳이 해야 할까?' '영어'는 당장 내게 긴급히 쓰이지 않는다. 그러니 '계획해야 할 일'[18]로 분류한 채 미루게 되는 것이다. 아무리 나의 의지가 강하다 해도 당장 필요하지 않은 일은 긴급한 일에 밀려 자연스레 뒷전으로 가버린다.

그러면 어떻게 해야 할까?

우리는 대개 태어날 때부터 누군가와 함께한다. 세상에 나오면 부모나 친족이 있고, 학교에 다니는 동안은 급우들이 곁에 있다. 직장에 다니면서는 동료들을 얻게 되고, 결혼하면서 나만의 가족이 생긴다. 이처럼 인간은 태어나고 죽을 때까지 관계망 속에서 살아가게 마련이다. 그러니 관계 맺음에서 벗어난 사람은 극단적으로 말하자면 의미가 사라진 일상을 사는 셈이라고 해도 과언이 아니다.

내가 어떤 존재가 되고 싶은가는 내가 만나고 관계를 맺어가는 사람들을 보면 짐작할 수 있다. 타인을 통해, 나의 주변을 둘러싼 관계를 통해 나를 사유하게 되는 탓이다. 말하자면 '나'라는 존재는 곧 '너'로 인해 존재한다. 타자는 곧 나의 거울이고 타자를 통해 나를 만들어간다. "내 주변 다섯 명의 평균이 곧 나"라는 말이 있다. 그만큼 주변 사람들은 나에게 많은 영향을 미친다.

우리는 자신의 의지를 '너무' 믿어서 실패한다. 사실

혼자 의지로 무언가를 한다는 것 자체가 신화적이다. 전설에나 나오는 영웅이라면 모를까(그런데 영웅들도 주변에 엄청난 스승이 있거나 물심양면으로 믿고 지지해주는 동료를 두게 마련이다). 그만큼 혼자만의 의지로 목적을 이루기가 어렵다는 뜻이다.

우리는 항상 누군가의 영향을 받고 자란다. 따라서 꾸준히 성장하고자 한다면 누군가와 함께하는 시스템을 구축해야 한다. 우리가 잘 아는 인디언 속담 중에 "빨리 가려거든 혼자 가라, 멀리 가려거든 함께 가라"는 말이 있지 않은가? 함께 잘할 수 있는 시스템. 결국 우리는 시스템 속에서 서로 피드백을 나누어야 오래 먼 길을 갈 수 있다. 그러므로 지구력은 나 혼자만의 힘으로 성장시킬 수 없다는 점을 깨달아야 한다. 타인의 영향을 받으면서 내가 자라고, 또 나의 영향 아래 타인이 커가는 모습을 보면서 함께 성장시키는 것이다. 진정한 지구력은 타인과 내가 함께하는 시스템 안에서 자라난다.

환경 세팅

가정도 회사도 나라도 시스템을 잘 갖추어야 문제가 생기지 않는다. 시스템이 부재한 곳에서는 늘 엉뚱한 희생자가 발생하거나 '호미로 막을 수 있는 것을 가래로 막게' 되는 일들이 빈번하게 벌어진다. 그렇다면 우리 각자에게 딱 맞는 적합한 시스템은 어떻게 구축할 수 있을까?

시스템이 구축되려면 무엇보다 먼저 구성원들이 자주 연결되어야 한다. 한 번으로 끝나는 것이 아니라 꾸준한 접점을 만들어 서로 피드백을 주고받을 수 있는 환경을 조성해야 한다. 예를 들어 누군가 어떤 문제에 대해 이의를 제기한다고 치자. 우선 그것을 수용하는 사람(혹은 부서)이 있어야 하고, 사안에 따라 검토하는 기간이 정해져야 하며, 결과에 따라 어떤 식으로 해결될지 혹은 부결될지 최초 제안자에게 알리는 사람(부서)도 있어야 한다. 최근 우리를 경악에 빠트린 여러 사건 사고를 보라. 시스템이 문제다.

항해사는 배를 타는 동안 하루도 쉬는 날이 없기 때문에 휴가 중에는 무조건 쉬어야 한다는 보상심리가 강하다. 휴가 때 일찍 일어나겠다고 다짐하는 것은 보통 다짐이 아니다. 하지만 극도로 올빼미족이었던 나도 동료들과 함께하는 선상생활 시스템에 따라 어느새 아침형 인간이 되어 있었다. 나는 휴가 때에도 새벽 4시 38분이면 눈을 뜬다. 잠자리를 떨치고 일어나서 화상채팅을 켠다. 함께 아침을 깨우는 사람들끼리 인사를 나눈 후 채팅 화면은 유지한 채로 각자 할 일에 집중한다. 사실 외적으로 보면 아침에 일어나 책상에 앉아 일하는 것은 별다를 바 없다. 하지만 심리적으로 화면을 사이에 두고 함께 아침을 깨워주는 사람이 있다는 것만으로도 다시 잠자리에 들지 않고 일을 지속할 힘을 얻는다. 물리적으로 혼자인 것은 같지만, 함께라는 생각 때문에 독서실이나 도서관의 칸막이 시설에서 공부하는 느낌이 든다. 아마 혼자 계획을 세워 진행하는 일이었다면 사흘을 못 가 그만두었을지도 모른다.

나의 경우엔 한 달에 한 번, 매달 마지막 주 화요일, 한 달을 되돌아보는 소규모 모임을 만든 것도 큰 도움이 되었다. 각자 이번 달을 어떻게 보냈는지 말하는 시간을 가지는데, 형식은 자유이다. 그냥 말로 해도 되고, 프레젠테이션을 사용해도 되고, 엑셀 파일을 활용해도 된다. 한 달을 되돌아보며 자신이 목표한 바와 달성치를 이야기하고 느낀 점, 아쉬웠던 점을 말한다. 그리고 아쉬웠던 점을 반성하며 다음 달의 목표도 이야기한다. 토론하거나 비판하는 자리가 아니기에 나머지 사람들은 발표자의 이야기를 경청하면 된다.

이번 달을 되돌아보고 다음 달 개인적인 목표를 세우는 건 혼자서도 할 수 있는 일이다. 단지 사람들에게 공유하는 것만 달라질 뿐인데 이 효과는 생각보다 크다.

무언가 이야기하려면 얘깃거리를 생각해야 하고 그 과정에서 진지하게 한 달을 되돌아보고 다음 달 계획을 세우게 된다. 처음이 어색해서 그렇지, 한 번 이야기의 물꼬를 트면 다음은 쉽다. 더 잘하고 싶어지고 듣는 이의 이해를 돕기 위해 가시화된 자료를 준비할 수도 있다. 아무 준비를 하지 않아도 괜찮다. 솔직하게 이야기 나누며 남들은 어떤 한 달을 보냈는지 경청하면서 다시 동기를 부여한다.

사람들과 피드백하는 시스템을 배에서도 적용해보았다. 한 항차를 기준으로 이번 항차에 선원들 스스로가 이루고 싶은 목표를 설정하게 했다. 살 빼기, 노래 연습, 기타 한 곡 완성 등 목표는 다양했다. 두 달 반이 한 항차였기 때문에 중간에 목표를 상기시켜주는 것을 잊지 않았다. 점검 당일, 목표를 이룬 선원도 있었고 아쉽게 실패한 선원도 있었다. 신기한 건 선원들 모두 그만두려 하지 않고 목표를 이루려고 노력했다는 점이다. 나아가 다음 항차의 목표까지 생각하고 있었다. 혼자서 하면 실패하지만 함께하면 시너지 효과를 낼 수 있다는 걸 깨닫고, 다들 속으로 언젠가 해야지 마음먹었던 것을 이번 기회에 하겠다고 다짐한 것 같았다. 함께하는 피드백은 무료한 배 생활에 활력을 불어넣었고, 목표를 향해 꾸준히 나아가는 원동력이 되어주었다.

이루고자 하는 바를 정했으면 함께하라. 함께하는 시스템을 만들고 피드백 받을 때 저 하늘의 별이 조금씩 가까워지는 것을 몸소 느낄 것이다. 함께해야 꾸준히 지속하는 힘이 생긴다.

습관 만들기

함께하는 시스템을 활용하여 지구력을 향상할 수 있는 환경을 세팅했다면 다음 단계에 집중하자. 바로 습관을 만드는 것이다. 실제로 시스템은 습관을 만들기 위한 환경 세팅이다. 무엇이든 습관이 되면 굳이 의지가 필요하지 않다. 몸과 마음이 자동으로 기억하여 계획한 것을 해내도록 돕는다. 아니, 몸과 마음이 나를 이끌어간다. 심지어 어떤 것이 무의식의 영역으로 내려가 습득된다면 여간해서는 잊어버리거나 바뀌지 않는다. 습관은 힘이 들지 않는다. 에너지를 사용할 필요가 없다. 그래서 습관은 더욱더 무섭다. 강력한 힘을 지닌다.

나도 처음에는 4시 38분에 일어나기가 너무 힘들었다. 노트북을 켜고 화상채팅에 접속하기 전까지, 매일 새벽 내가 왜 스스로 고생길을 자처하여 걷고 있는지 온갖 생각을 하며 후회하기도 했다. 하지만 일주일이 지나고 한 달이 지나 60일을 넘기자 몸이 적응하기 시작했다. 66일째는 아무런 힘든 감정이 없었다. 마치 밥을 먹으려고 숟가락을 드는 것처럼 자연스럽게 느껴졌다. 4시 38분에 눈뜨고 이불을 개고 노트북을 켜서 의자에 앉는 일이 엄청나게 대단한 것이었지만 이제 정말 '별거 아닌 것'이 되어버렸다.

한 달에 한 번씩 있는 피드백 시간도 마찬가지다. 처음에는 시간을 내기가 아까웠다. 조금이라도 더 쉬고 싶었다. 게다가 한 달을 어떻게 보냈는지 보여주는 자료를 만드는 것도 여간 성가신 게 아니었다. 되돌아보기가 부끄러운 달도 있었다. 하지만 매달 참여했다. 의무감으로 시작했지만 몇 번 하고 나자 자연스러워졌다. 이렇게 동료들과의 피드백을 습관으로 만들고 나니 한 달이 끝나갈 때 이 작업을 하지 않으면 새로운 달을 시작할 준비가 안 된 느낌마저 들어 찝찝했다.

좋은 습관은 의지를 필요로 하지 않는다. 몸이 기억하기 때문에 힘을 들이지 않고 계획한 것을 해낼 수 있다.

마음속에 담아 둔 목표를 적어보자.

피드백을 함께할 사람을 적어보자.

피드백 주기를 정하자(피드백 주기는 일주일, 격주, 한 달이 적당하다. 그 이상은 넘기지 않는 게 좋다).

피드백 날짜 체크하기(예시: 매월 마지막 주 화요일 저녁 9시와 같이 구체적이면 구체적일수록 좋다)

함께하는 시스템을 통해 좋은 습관을 만들어 지속하려면 지구력이 필요하다. 그리고 태어나서 죽을 때까지 관계 속에 살아가는 인간은 영향의 산물이다.

우리는 혼자가 아니다. 그리고 세상에는 한 사람의 의지로는 어려운 일이 많다. 함께하는 환경에 있을 때, 우리는 서로를 북돋우고 피드백을 주고받으며 좋은 습관을 형성할 수 있다. 목표한 바를 꾸준히 지속하고 싶다면 함께하는 시스템을 통해 습관을 만들자.

한 가지 당부하고 싶은 것이 있다. 좋은 습관 만드는 방법, 피드백 방법, 체크리스트, 양식지는 다양하다. 어떤 방법, 어떤 리스트를 쓰는 것이 최선일지 고르는 데에 시간을 많이 쏟지 않았으면 한다.

이 책에서 추천하는 도서와 내가 쓰고 있는 양식지는 누군가를 위한 것이 아니라 나에게 맞는 양식이다. 여러분 또한 '나'만의 양식과 시스템을 만들 수 있기를 바란다. 처음에는 책에서 소개한 방법과 양식을 사용할지라도 수정, 개선하면서 나에게 맞는 최적의 방식을 찾는 것이 중요하다. 사람들과 함께하되, '나' 자신이 주가 되어야 한다.

첫 장에도 언급했듯, 어디에서도 자신감을 잃지 않을 중심이 될 나만의 시스템을 구축해야 하는 것을 잊지 않았으면 좋겠다.

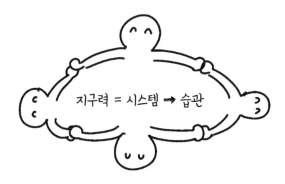

지구력 = 시스템 ➡ 습관

6장

오五력의
조화

다섯 가지
능력의 조화

정신력, 체력, 사교력, 담력, 지구력. 이 '오력五力'은 어느 하나만 뛰어나다고 좋은 게 아니다. 이 능력들은 서로 유기적으로 연결되어 있기에 고루 발전시켜야 한다. 그래야 조화를 이루어 여러분이 목표나 목적을 달성하는 데 실질적인 도움을 줄 수 있다.

사람들은 목표 달성의 여정을 흔히 산을 오르는 일에 비유한다. 목표를 이루는 것은 등산과 같아서 힘들더라도 조금씩 올라가다 보면 어느새 정상에 올라가 있다고 한다. 맞는 말이다. 하나의 목표를 정복할 때는 산을 오르듯이 차근차근 가면 된다. 하지만 아쉬운 점도 있다.

하나의 산을 오르고 있는 동안 다른 산을 오르는 것이 불가능하다는 점이다. 예를 들어 앞에서 말한 다섯 가지 능력을 다섯 개의 산에 오르는 일에 비유한다면, 하나의 능력을 정복하고 다른 산으로 가는 데에 일단 시간이 오래 걸린다. 하나씩 정복해야 하므로 비효율적이다.

나는 그래서 오력을 성장시키는 과정을 등산이 아닌 물고기의 헤엄에 비유하고 싶다. 물고기가 물에서 여기저기 헤엄치고 다니듯 오력을 발전시키는 것도 이 영역 저 영역을 넘나들며 골고루 발전시키는 것을 권하고 싶다. 우리의 학창 시절을 떠올려보자. 중고등학교 시절만 해도 그렇다. 모두가 하라는 대로 공부만 열심히 했기 때문에 고등학생 때 공부 말고는 할 수 있는 게 없었다. 물리적으로도, 정신적으로도 다른 데에 전념하기란 불가능했다. 그야말로 공부 빼면 시체였다. 하지만 사회에 나와서 보니 어떤가? 사회는 나에게 공부뿐만이 아니라 여러 가지 능력을 요구했다. 공부를 잘했다는 공인 성적표는 조금 더 좋은 장소에서 일을 시작할 수 있다는 일종의 통행증 같은 것이었다. 그 후 이루어지는 모든 것은 전적으로 개개인의 '다른' 능력에 달리지 않았던가?

산을 오르듯이 하나하나 정복하면 하나의 능력을 100점까지 올릴 수 있다. 하지만 그러기에는 시간이 부족하다. 여러 요소를 두루 신경 쓰면서 60~70점 정도로 만드는 게 이상적이다. 사실 모든 영역이 60, 70점만 되어도 우리가 살아가는 데엔 아무 문제가 없다. 아니, 정말 훌륭하다.

산 오르기가 너무 진부한 예 같다면 여러분이 좋아하는 PC게임을 한다고 생각해보자.

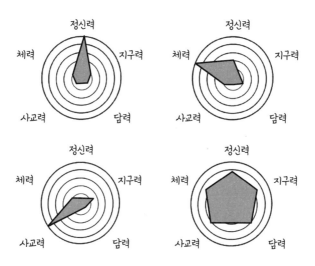

여러 능력 중 한 능력만 100점 만점이라면 우리는 그 캐릭터를 뽑지 않는다. 100점이 아니더라도 60점에서 모든 능력을 골고루 갖춘 캐릭터를 고른다. 게임을 해본 사람이라면 알 것이다. 크레이지아케이드에서 물줄기 힘이 아무리 세더라도 동시에 놓을 수 있는 물풍선 개수가 하나뿐이라거나 속도가 느리다면, 혹은 속도가 빠르지만 물줄기 힘이 약하다면, 놓을 수 있는 물풍선 개수가 무한대지만 속도가 느리고 물줄기도 약하다면 속 터지는 일이다. 캐릭터를 정했다면, 부족한 점을 메꾸기 위해 캐릭터의 이동속도를 높여줄 신발 아이템, 물줄기를 강력하게 해줄 물약 아이템, 물풍선 개수를 늘려줄 아이템을 먹는다. 다오, 베찌, 우니, 케피보다 월등한 능력을 두루 자랑하는 산타 할아버지와 해적 로두마니를 선호할 수밖에 없는 이유도 여기에 있다. 너무 오래된 게임에 비유했다면 리그 오브 레전드를 생각해보자.

게임 리그 오브 레전드에는 150가지가 넘는 캐릭터가 있다. 오른은 체력과 방어력이 강하지만 공격력이 강하지 않다. 루시안은 공격력이 높지만 체력과 방어력이 약하다. 바드는 이동속도가 빠르지만 체력과 방어력이 약하다. 캐릭터마다 강점과 약점이 뚜렷하여 아이템을 통해 장점을 강화하거나 약점을 보완해야 한다. 그중 리신이라는 캐릭터는. 방어력, 공격력, 이동속도가 두루두루 좋아서 유저들에게 오랜 시간 사랑을 받는다.

당신은 어떤 능력치를 자랑하는 캐릭터를 고르겠는가?

세 가지 시선

다섯 가지 능력을 골고루 키우는 데 도움이 되는 예로 물고기의 헤엄을 언급했다. 한 가지 능력을 차례차례 정복하는 것이 아니라 경계를 넘나들며 다방면으로 키워가는 시선이다. 잘 살아가기 위해서는 물고기의 시선을 포함한 세 가지 시선을 내 것으로 만들어야 한다.

먼저 '새의 시선'이다. 하늘 높이 날아오른 새가 공중에서 아래를 내려다본다고 생각해보자.

새는 하늘에서 나무가 아닌 숲을 내려다본다. 즉 '새의 시선'은 전체를 아우르는 시각이다. 바다에서 6개월을 보내면서 현재 처한 상황만을 보면 배 생활만큼 무

료하고 지루한 것이 없다. 그런데 '지겨워. 괴로워'라는 일상의 감정에 매몰되어 허우적거리다 보면 애초에 그렸던 큰 그림의 의미를 잃게 된다. 현재 처한 상황에서 한 발짝 물러나 새의 시선으로 살펴보자. 하늘을 나는 새도 좋고 높은 가지에 앉아 아래를 조망하는 새의 시선도 좋다. 메타인지처럼 지금 처한 상황에서 벗어나 보다 객관적이고 거시적인 시선으로 보는 것이다.

이곳은 때론 무료하지만 나는 이 상황을 즐기고 싶어.

→ 바다라서 무료한 게 맞아?

→ 무료한 곳이 바다뿐일까? 육상이나 해상이나 무
   료한 순간은 있어.

→ 나는 결혼도 하고 아이도 낳고 싶어. 그리고 선장
   도 하고 싶어.

→ 관련 종사자 중 여성의 수는 적어. 하지만 잘할 수
   있다는 걸 보여주고 싶어.

→ 나는 반드시 선장이 될 거야.

→ 그래, 지금은 조금 무료하더라도 결국 이것도 과
   정인 거야.

→ 나만이 할 수 있는 일을 하며 내 인생을 살아갈래.

이처럼 새의 시선은 내가 처한 여러 상황이 청사진
속 조각이라는 것을 깨닫게 해준다. 이 작은 조각들이
다 맞추어질 때가 바로 애초 승선하면서 내가 세웠던
목적을 달성하는 순간 아닐까? 그러니 지금 내가 배에
서 하는 여러 일은 모두 선장이 되기 위한 과정일 뿐이
다. 어느 하나 중요하지 않은 것이 없다.

이번에는 '개미의 시선'을 살펴보자. 선장이 되려면 시험을 보아야 하는데, 이때 개미의 시선이 필요하다.

개미는 땅을 기는 곤충이다. 바닥에서 낮게 기어 다니지만, 목표물을 향해 흔들림 없이 앞으로 나아간다. 여러분도 자신의 몸보다 큰 먹이를 옮기느라 일사불란하게 움직이는 개미의 행렬을 본 적이 있을 것이다. 딴청을 피우며 두리번거리거나 대오에서 이탈하는 개미를 본 적이 있는가? 개미는 오직 목표물을 향해 움직인다. 즉, 개미의 시선은 한 점을 목표로 깊고 자세하게 들여다본다. 점 지향적이므로 사법시험, 승진시험 등 하나의 목표를 두고 집중하는 시선에 해당한다. 선장이 되기로 마음먹고 시험에 합격하기 위해서는 시험 과목에 집중하고 샅샅이 훑는 개미의 시선이 필요하다.

시험에 패스하여 선장이 되었다. 배에는 여러 가지 부서와 직책이 있다. 갑판부는 배의 운항과 화물을 살펴야 하고, 기관부는 기기의 정비를 담당하며, 조리부는 선원들의 식사를 책임진다. 이처럼 부서마다 담당하는 영역이 있다. 부서마다 자신의 영역이 있다.

그러나 선장은 영역을 구분하지 않고 두루두루 모든 부서의 이야기를 경청하며 이해하려고 애쓴다. 이런 태도는 물고기의 시선이다. 여러 영역을 돌아다니며 파악하는 전방위적 시선이다.

각 부서의 가치가 충돌할 때가 있다(이 부분은 개미의 시선으로 보자). 화물 스케줄을 고려해 배가 항구에 빨리 들어가야 할 때가 있다. 갑판부 입장에서는 지금 시기(스케줄)를 놓치면 대기해야 하니 대기하며 생기는 손실 비용이 생긴다. 그러니 속력을 높여 스케줄을 맞추고 싶을 것이다. 반대로, 기관부 입장에서는 속력을 높이고 싶지 않다. 속도를 높였다가 엔진에 무리가 가 자칫하면 수리 비용이 더 들 수도 있기 때문이다. 그러니 빨리 가야 한다는 생각만 할 수는 없다. 선장은 영역을 구분하기보다는 모든 부서의 상황을 두루두루 고려하여 안전한 항해가 될 수 있도록 결정해야 한다.

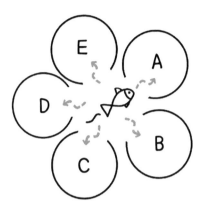

　새의 시선은 숲을 바라보는 거시적인 관점, 빅 픽처를 의미한다. 개미는 집중과 디테일, 물고기는 조화를 의미한다. 새의 시선, 개미의 시선, 물고기의 시선을 모두 합치면 어떻게 될까?

새의 시선　＋　개미의 시선　＋　물고기의 시선　＝　?

전체를 조망하는 시선을 갖추되 디테일을 놓치지 않고, 두루두루 어느 한 곳에 편중됨 없이 조화롭게 파악하기. 이 세 가지 시선을 아우를 수 있는 시각이 바로 '통찰'이다. 여러분이 어느 분야에서 일을 하든, 맡은 바를 잘 해내고, 잘 살아가려면 이 세 가지 시선을 아우른 통찰의 시각을 갖추어야 한다.

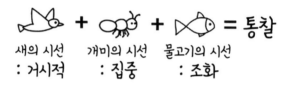

새의 시선　　개미의 시선　　물고기의 시선
: 거시적　　: 집중　　: 조화

통찰은 활쏘기에 비유할 수 있다. 어린 소년의 머리 위에 놓인 사과를 명중시킨 윌리엄 텔의 활쏘기를 떠올려보자.

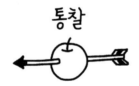

소년을 다치게 하지 않고 사과를 명중시키려면 어떻게 해야 할까? 가장 먼저 새의 시선으로 상황을 파악해야 한다.

사과가 어디에 있는지, 바람의 세기와 방향은 어떠한지, 시위를 어느 쪽으로 틀어야 하는지, 손목의 힘을 얼마나 조절해야 하는지… 이 모든 것을 계산하여 전체적인 구도를 잡는다. 활을 쏘아서 사과를 명중시킨 다음 내 손에 넣고야 말리라는 생각. 나의 경우에는 선장이 되고 싶다는 목표를 잡는 단계이다.

그다음, 화살의 시위가 당겨지고 사과에 활이 닿는 순간은 개미의 시선에 비유할 수 있다. 최초로 외피에 닿아 집중하는 시각이다. 선장이 되기 위한 관문인 시험 합격에 초점을 두고 집중하는 단계이다.

다음으로 화살촉이 사과 외피를 뚫고 들어가는 것은 물고기의 시선이다.

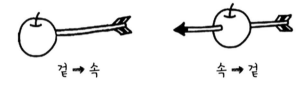

화살은 겉에서 속으로, 속에서 겉으로 이어진다. 화살촉이 외피를 뚫고 내부로 들어갔다가, 내부에서 다시 외부로 나가는 것은 물고기의 시선이다. 물고기의 시선에는 경계가 없다. 내부에서 외부로 이어지는 연결고리를 이해하는 조화로운 관점이다. 선장이 여러 부서를 이해하며 아우르는 시선이라 할 수 있다.

통찰

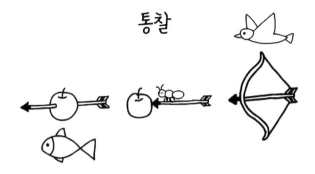

　사과를 향해 활시위를 조준하고, 사과의 표피를 뚫고 나온 화살촉은 활쏘기가 성공했다는 것을 의미한다. 잘 살아가기 위해서는 새의 시선, 개미의 시선, 물고기의 시선을 자유롭게 오가며 통찰하는 것이 중요하다.

다섯 가지 능력의
도달점

이야기를 마무리하며 가장 중요한 이슈를 꺼내고자
한다. 정신력, 체력, 사교력, 담력, 지구력의 다섯 가지
능력을 모두 갖추려고 하는 이유가 대체 무엇일까? 새
의 시선, 개미의 시선, 물고기의 시선을 결합한 통찰이
필요한 이유가 무엇일까?

게임을 생각해보면 이해하기 쉬워진다. 여러분이 어
떤 게임을 하든 여러 방면으로 능력이 뛰어난 캐릭터를
선택하는 데엔 이유가 있다. 사람마다 애정을 느끼는
캐릭터도 있겠지만, 선택할 때의 가장 중요한 근거는
'우승'이다. 게임 크레이지 아케이드는 다른 색 팀을 모

두 없애 팀을 승리로 이끌기 위함이고, 배틀그라운드에서는 1등을 해서 치킨을 먹기 위해서, 리그 오브 레전드에서는 상대편의 포탑을 깨트려 승리하기 위해서다. 능력이 갖춰졌다면 성과를 내는 것이 중요하다. 아무리 능력이 뛰어난 캐릭터를 선택하더라도 성과를 내지 않으면 무의미하다. 팀을 탓하고 분열을 일으킬 수 있다.

피터 드러커의 말[19]처럼, 업무나 과제에 초점을 맞춘 관계에서 어떤 성과가 없다면 따듯한 감정이나 이야기도 의미가 없다. 역으로, 관계자 전원에게 성과를 가져다주는 인간관계라면 때로는 예의에 어긋난 말도 인간관계를 파괴하는 게 아니다.

다섯 가지 능력 중 어느 하나가 부족하더라도 조직이 원하는 성과를 이룬다면 잘못된 것이 아니다. 다섯 가지 능력이 모두 부족하다 해도 조직이 지향하는 목적을 달성할 수 있으면 존중받아야 한다. 두루 갖춘 사람이 성과를 이룰 확률이 높으므로 목표나 목적에 가까이 다가갈 가능성이 크다. 자칫하면 성과 지상주의라고 오해할 수도 있지만, 능력을 갖추는 지향점이 성과라는 것을 강조하는 것이지 과정을 경시하라는 뜻은 아니다.

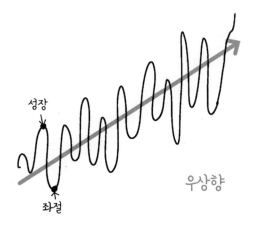

성장

좌절

우상향

정신력, 체력, 사교력, 담력, 지구력

이 다섯 가지 능력, '오력'과 세 가지 시선 그리고 오력의 지향점에 대한 이야기를 마치려고 한다. 당신이 이 이야기들을 재미있게 읽었든, 강의처럼 느꼈든, 어떤 결심을 하게 된 계기가 되어주었든, 이제부터 중요한 것은 여러분의 이야기로 연결되어야 한다는 점이다.

이제 '나'의 이야기로 끄집어내 보자. 이는 다른 어떤 강의를 듣고 영상을 보고 책을 읽었을 때도 마찬가지다. 타인에서 시작해 '나'로 연결해야, 책을 덮은 이후에도 변화된 '나'로 이야기를 이어 나갈 수 있다. 글의 중간중간에 '직접 적어보기'를 넣은 이유도 여기에 있다. '나'에게 적용할 수 있어야 비로소 이 책은 당신의 것이 된다.

나는 인생을 항해하는 능력을 '정신력' '체력' '사교력' '담력' '지구력'으로 정의했지만, 여러분은 다를 수 있다. 사람마다 필요한 능력은 세 가지가 될 수도 있으며, 다른 능력이 필요할 수도 있다. 개인마다 살아가는 방식이 다르고 특화된 능력도 각기 다양하기 때문이다.

능력을 고루 발전시키며 개인과 사회의 성과를 향해 지향점을 열어둔다면, 여러분은 목적 달성에 한 발 더 가까워질 수 있을 것이다.

이제 여러분의 오력을 들려줄 차례다. 당신의 삶에서 그 능력을 어떻게 찾고 보완하며 강화하고 있는지 여러분의 이야기가 궁금하다. 지금부터는 여러분의 이야기로 가 보자.

다섯 가지 능력을 운운하는 글을 썼지만, 나 역시 한 참 부족한 사람이다. 일등항해사 업무를 잘 해내고 싶어서 여전히 고군분투 중이고, 때로는 선장님을 걱정시키고 함께하는 부원들을 힘들게 한다. 시행착오도 계속 겪고 있다. 다만 어제 몰랐던 사실을 오늘 깨닫고, 이 경험을 바탕으로 내일은 같은 실수를 하지 않으려고 노력할 따름이다.

실패하고 낙담하고 좌절할 때도 있지만 그때마다 다시 일어나 앞으로 나아가고 있다. 내 앞에 펼쳐진 길에 수많은 시련과 고통이 찾아올 것을 안다. 하지만 다섯 가지 능력과 세 가지 시선이 겸비된 나만의 시스템을 갖춘 상태라면 어떤 시련이 와도 다시 일어설 수 있다는 사실 또한 알고 있다. 쓰러지겠지만 다시 일어나는 과정을 통해 결국은 성장할 것이고, 내가 품은 목적, 내가 그린 청사진에 한 발 더 가까이 다가설 것임을 믿는다. 내 안에는 그런 굳은 믿음과 나를 지탱해주는 정신의 나무가 강하게 뿌리 내리고 있기 때문이다.

빠르게 변하는 세상에서 흔들리지 않는 나로 살기 위해서는 내가 바로 서야 한다. 이 작은 책이 독자 여러분에게 자신에 대해 알아가고, 변하는 세상에서 나로서 굳건히 설 수 있도록 힘을 비축하는 데 도움이 되었으면 좋겠다.

슈퍼맨은 고향 행성 크립톤에서 자신이

'슈퍼맨'이라는 걸 알고 있었을까?

아니다. 그는 평범했다.

하지만 지구에서 그의 힘을 본 사람들은

그를 슈퍼맨이라 불렀다.

그는 지구에서 슈퍼맨이 되었다.

선원들만 있는 배에서 나는 평범한 항해사였다.

육지에 내려오니 사람들이 대단하다고 말해주었다.

나는 어느새 평범하지만 대단한 사람이 되었다.

나를 대단한 사람으로 만든 건 함께하는 사람들이었다.

"바다 덕분에 만난 소중한 분들께 감사 인사를 띄웁니다."

김익중 차장님, 전재호 선장님,

이원규 선장님, 조영훈 선장님,

성명한 선장님, 이강헌 선장님,

이영선 선장님, 김정호 선장님,

이형기 도선사님, 황영욱 교관님,

권수완 일항사님, 박지훈 일항사님, 추덕호

일항사님, 안승섭 기관장님, 김용원 기관장님,

이영섭 기관장님, 배중현 기관장님, 임태환 조리장님,

이대영 조기장님, 이상일 교수님, 김학실 선배님,

조소현 교수님, 황다혜 선배님, 김승연 교수님,

전경옥 선장님, 정민 선배님, 함승원 선배님,

허성례 선배님, 우진주 선배님

강규형, 『바인더의 힘』 스타리치북스, 2013

강인선, 『하버드 스타일』 웅진지식하우스, 2008

구본형, 『그대 스스로를 고용하라』 김영사, 2005

로빈 샤르마, 『변화의 시작 5AM 클럽』 한국경제신문, 2019

박상배, 『빅 커리어』 다산북스, 2018

박상배, 『인생의 차이를 만드는 독서법, 본깨적』 위즈덤하우스, 2013

브라이언 트레이시, 『백만불짜리 습관』 용오름, 2005

스티븐 기즈, 『습관의 재발견』 비즈니스북스, 2014

이와사키 나쓰미, 『만약 고교야구 여자 매니저가 피터드러커를 읽는다면』
동아일보사, 2016년

제임스 클리어, 『아주 작은 습관의 힘』 비즈니스북스, 2019

켈리 최, 『웰씽킹』 다산북스, 2021

피터 드러커, 위정현 옮김, 『성과를 향한 도전』 간디서원, 2010

1 김승주, 『나는 스물일곱, 2등 항해사입니다』 한빛비즈, 2019

2 배의 종류는 크게 화물선 여객선으로 나눌 수 있고, 화물선은 컨테이너를 운반하는 컨테이너선과 석유, LNG, LPG, 기타 화학제품chemical을 운반하는 탱커선, 자동차를 운반하는 자동차 운반선, 벌크로 된 화물(철광석, 곡물 등)을 운반하는 벌크선이 있다.

3 화물 관련 문제가 발생하는 순간 이유를 불문하고 책임은 일등항해사가 지게 되어 있다. 절차서에도 화물 관리 담당은 '일등항해사'라고 명시되어 있다. 컨테이너 선적, 컨테이너와 배의 구조물 관계 파악, 고박장치의 적정성 여부 등을 정확하게 이해해야 한다. 컨테이너 선적 시 육상 크레인 운전자의 부주의로 선박의 핸드레일 같은 구조물이 손상될 수도 있고, 하역 인부가 고박을 제대로 사용하지 않아 다시 요구해야 하는 상황도 부지기수다. 항해 도중 컨테이너에서 액체가 흘러나오거나 연기가 날 수도 있으므로 일등항해사는 화물 관리에 항상 주의를 기울여야 한다. 화물의 위험이 선체의 안전, 나아가 선원의 안전으로 이어지기 때문이다. '갑판 정비'와 '선원 관리'도 일등항해사에겐 소홀히 할 수 없는 업무다. 일등항해사가 되는 순간 갑판장, 조타수 3명, 갑판원 2명의 부원을 관리하게 된다. 아침마다 회의를 통해 정비조의 일과를 계획하는데, 선박의 상태, 바다의 날씨, 입출항 일정에 따라 계획은 유동적이다. 선체 정비를 지시하려면 선박 상태와 배에 구비된 공구를 알아야 한다. 따라서 일등항해사는 항상 배를 순찰하며 화물과 정비할 곳을 살펴야 한다. 갑판부원의 장인 갑판장은 갑판원부터 시작하여 조타수를 거쳐 갑판장이 된다. 조타수 때 능력을 인정받아 선장의 추천으로 갑판장이 되기에 경력이 많고 대개 나이가 많으며 필리핀, 미얀마, 인도네시아와 같이 외국인 부원이 많다. 선원 관리에 신경 쓸 수밖에 없는 배경이다.

4 출항이 시작되면 배에 타고 있던 일등항해사는 새로 승선한 일등항해사에게 모든 것을 인수인계하고 휴가를 간다. 따라서 배에는 일등항해사가 단 한 사람만 남는다. 일등항해사로서 다른 일등항해사가 어떻게 일하는지 전 과정을 실제로 볼 수 있는 기회란 없는 셈이다. 기껏해야 삼등항해사나 이등항해사 시절 보고 경험한 모습이 전부이다.

5　강인선, 『하버드 스타일』 웅진지식하우스, 2008, p141

6　켈리 최, 『웰씽킹』 다산북스, 2021에서 덧붙임

7　강인선, 『하버드 스타일』 웅진지식하우스, 2008, p14

8　유튜브 채널, 건강과 운동은 과학이다

9　배가 항해할 때, 선장이 항해나 통신 따위를 지휘하는 곳, 일반적으로 배의 상갑
　　판(上甲板) 중앙의 앞쪽에 높게 자리 잡은 위치를 이른다.

10　항해 사관이 한 명 더 있는 배는 4교대로 업무를 나누므로 당직 시간이 줄어들
　　기도 한다.

11　외래어 표기법에 따른 표기는 김나지움이지만, 배에서는 짐내지움이나 짐나지
　　움이라고 부른다.

12　YTN 사이언스 투데이, 내 몸 보고서, 삶의 질을 결정하는 '수면 과학', 2020

13　HSPH; Harvard School of Public health, T.H. Chan, The Healthy Eating
　　Pyramid

14　비타민 혁명, 서울특별시 식생활종합지원센터, 삼성서울병원 한의학융합연구
　　정보센터 약물근거등급에서 발췌

15　엘컴퍼니 조 에스더 대표의 관계에 관한 강의

16　김승주, 『나는 스물일곱, 2등 항해사입니다』 한빛비즈, 2019

17　윈치는 밧줄이나 쇠사슬로 무거운 물건을 들어 올리거나 내리는 기계로 기중기,
　　케이블카, 엘리베이터 등에 이용된다.

18　아이젠하워 매트릭스: 할 일 목록의 우선순위를 지정하는 방법

19　피터 드러커, 위정현 옮김, 『성과를 향한 도전』 간디서원, 2010